AF130736

ÉLIETTE ABÉCASSIS

Eine unwahrscheinliche Begegnung

ROMAN

Aus dem Französischen von Kirsten Gleinig

 ARCHE

Die Arbeit der Übersetzerin am vorliegenden Text wurde vom
Deutschen Übersetzerfonds gefördert.

Die Originalausgabe erschien 2003 unter dem Titel
Clandestin bei Éditions Albin Michel.

ISBN 978-3-7160-2814-8

Deutsche Erstausgabe
1. Auflage 2022
© der deutschsprachigen Ausgabe
2022 Arche Literatur Verlag AG, Zürich–Hamburg
© Éditions Albin Michel – Paris 2003
Alle Rechte vorbehalten
Lektorat: Nina Hübner
Gesetzt aus der Minion Pro
Satz: Pinkuin Satz und Datentechnik, Berlin
Druck und Bindung: CPI books GmbH, Leck
Printed in Germany

www.arche-verlag.com
Facebook: ArcheVerlag
Instagram: arche_verlag

Für A., an jenem Tag auf dem Bahnsteig

Er stieg aus. Schaute nach rechts und links. Sah niemanden. Keinen Schaffner. Keine Polizei. Er beschloss zu warten, ohne genau zu wissen, was er sagen würde.

Ein paar Fahrgäste kamen heraus. Sie warfen ihm flüchtige Blicke zu. In ihren Augen sah er, dass er anders war. Ziemlich groß, braune Haare, blaue, stechende Augen, hohe Backenknochen, hohle Wangen. Er sah eigenartig aus. Ein weißes Hemd mit Kläppchenkragen und eine schwarze Hose verhüllten seinen muskulösen Körper – elegante Kleidung, aber ungewöhnlich für August.

Sie stieg aus dem Zug. Flink und trittsicher auf den Stufen. Sie schaffte es nicht, den Koffer herunterzuheben, der zu schwer für sie war. Niemand half ihr.

Er trat auf sie zu. Geschmeidig nahm er das Gepäckstück heraus und stellte es auf den Boden.

Warum fühlt man sich von einem Gesicht angezogen? Warum hefteten sich seine Augen ausgerechnet auf diese Frau? Sie war nicht sonderlich schön. Hatte etwas Merkwürdiges, etwas Verstörendes an sich, das seine Aufmerksamkeit erregte. Etwas, das für ihn bestimmt war. Ein Zeichen, das von woanders herkam, aus einer fernen, uralten Zeit, deutlich genug, dass er es im Getöse hören konnte, und doch so schwach, dass es für die Ohren anderer Menschen nicht wahrnehmbar war.

Sie bedankte sich mit einem Nicken. Sie hatte Augen dunkel wie ein Traum.

Ein sommerlicher Windstoß, der warme Wind der Stadt, versetzte ihr Kleid in Bewegung. Die Luft fuhr in den dichten, beinahe harten, aufgeplusterten Leinenstoff.

Da sagte er sich, dass er sie bis zum Ende des Bahnsteigs in seinen Bann ziehen musste.

Er hatte sie einsteigen sehen, aber sie hatte ihn nicht bemerkt. Er schaffte es kaum, sie nicht anzuschauen. Sah ihren Blick, weniger die Farbe ihrer Augen. Er mochte ihre Art zu gehen. Sie war ihm vertraut.

Er war allein. Es hatte ihn in den Süden verschlagen, beinahe zufällig. Nun fuhr er in die Hauptstadt zurück, so schnell wie möglich. Er hatte eine Verabredung um Mitternacht vor dem Bahnhof. Er durfte nicht zu spät kommen.

Er sah aus dem Fenster.

Am Himmel zeichneten sich noch violette Streifen ab. Auf den Schienen nahm der Zug den Weg zwischen Wasserläufen, raste dahin, folgte der vorgegebenen Route.

Er war schon so lange unterwegs, schon immer, schien es. Ständig im Aufbruch begriffen. Er mochte die Pausen, wenn die Welt ruhig wirkte, vom Zug aus gesehen. Das Leben wurde zahm. Das Leben, das einen unwillentlich mit sich reißt, je nachdem, was gerade geschieht, und das manchmal, für die Dauer einer Zugfahrt, angenehm sein kann, wenn man sich einfach wiegen lässt, ohne etwas zu tun.

Er musste sie wiedersehen. Wieder in ihre Nähe gelangen. Sie konnte nicht weit weg sein.

Ohne noch länger zu warten, stand er auf. Steuerte auf den nächsten Wagen zu.

Als er ihn betrat, saß sie ihm zugewandt. Ihr helles Haar zu einem Knoten hochgesteckt. Ihre Augenlider gesenkt, als schliefe sie. Ihre Züge waren eben. Ihr weißes, makelloses Kleid stach zwischen all den grauen und schwarzen Anzügen hervor. Sie saß ruhig da. Ihr leicht geneigter Oberkörper ließ den Ansatz ihrer Brüste erkennen. Er hatte Lust, sie anzufassen, die Hände auf sie zu legen, auf ihre Schultern, auf ihren Körper, sie zu berühren.

Er sah den freien Sitz gleich vorn im Wagen.

In der ersten Klasse gab es noch Plätze, mehr als in der zweiten, wo die dicht gedrängten Reisenden es sich so bequem wie möglich machten und die vorbeiziehende Landschaft betrachteten.

Hier saßen überwiegend Männer, die Akten bearbeiteten. Manche führten, das Handy am Ohr, lange Gespräche über Geschäftsbilanzen, Sitzungen, die Finanzkrise, über Märkte und die Börse. Sie sprachen laut. Man hörte deutlich, was sie sagten.

Er betrachtete sie unauffällig. Er musste sie beobachten, so viel wie möglich über sie erfahren anhand ihrer Gesten, ihres Ausdrucks, ihrer Gesichtszüge. Er lauerte auf ein Zeichen, eine Zäsur, einen Hinweis, damit er sie ansprechen konnte. Inmitten des Stimmengewirrs las sie. Ihre Augen flogen über den Text, ohne zur nächsten Seite zu wechseln. Es schien kein Zeitvertreib für sie zu sein. Sie las nicht wie jemand, der sich einer Geschichte vollkommen hingibt. Sie sah auf den Text, um ihn aufzusaugen, ihn auswendig zu lernen. Sie zwang sich zum Lesen. Er las Langeweile und Missmut in ihrer Miene.

Sie hob den Kopf. Ihre dunklen Augen verschlangen sein Gesicht. Es lag etwas Besonderes darin. Ein Schleier verhinderte, dass man in diesen Augen versank. Sie war unerreichbar.

Ein anderer Zug fuhr vorbei. Während die Züge sich kreuzten, wurde es einen Moment lang etwas dunkler. Ihr Gesicht spiegelte sich im Fenster. Sie wandte die Augen nicht ab. Ihre Blicke kreuzten sich flüchtig im Spiegel der Scheibe, dann trennten sie sich wieder.

Sie las weiter.

Er lächelte. Sie hatte ihn gesehen, endlich.

Vor ihm saß eine Mutter mit ihrem Kind, das laut vor sich hin schimpfte. Sie war um die vierzig: mittellanges, dunkelbraunes Haar, perfekt geföhnt, und ein aufgedunsenes Gesicht. Sie trug schwarze Kleidung, die auf schlichte, elegante Weise ihre Figur verhüllte.

Die Mutter war überfordert mit ihrem energiegeladenen Sohn. Das Kind war ebenfalls zu dick, zu wohlgenährt. Es machte Lärm. Es fragte nach Geschenken, nach seinem Taschengeld. Ein Kind, das äußerte, was Erwachsene durch Umgänglichkeit, Höflichkeit und Bildung verschleiern: das Streben nach Dingen und Geld. Das Kind tat alles, was seine Mutter ihm verbot, um Aufmerksamkeit auf sich zu ziehen, denn es war allein. Es breitete sich überall aus, um sein Revier abzustecken, wie ein König, ein Eroberer. Was würde es wohl später einmal machen? Welchen Beruf würde es ergreifen?

Als er den Blick von dem Kind abwandte, schaute sie ihn an.

Sein Herz machte einen Sprung. Er wollte ihr ein Lächeln schenken. Aber es war etwas anderes, das sich auf seinem Gesicht abzeichnete. Eine unendliche Traurigkeit.

Sie schaffte es nicht, sich auf die Lektüre einzulassen. Las immer wieder dieselbe Seite. Ihr Geist prallte an den Worten ab und schweifte in die Ferne, zu Gedanken, Erinnerungen, Fragen. Sie langweilte sich.

Sie betrachtete ihn erneut. Den Unbekannten, hinten im Abteil. Den Mann mit der würdevollen Stirn, dem ausgemergelten Gesicht, dem tiefblauen, intensiven, verwirrenden Blick. Er war schön.

Es gelang ihr nicht, sich zu konzentrieren. Sie musste sich den Text merken. Er war langweilig. Während des Studiums hatte sie ihr Gedächtnis trainiert. Manchmal vertrieb sie sich die Zeit damit, alle Schauspieler eines Films aufzuzählen oder alle Filme, die sie im Lauf des Jahres gesehen hatte. Das war gar nicht so einfach. Denn das Gedächtnis vergisst ständig, ordnet und verwirft, was es für unwichtig oder für zu wichtig hält. Das Leben geht weiter und gewinnt wieder die Oberhand. Das Leben mag das Gedächtnis nicht, das sich ihm in den Weg stellt. Das Gedächtnis behindert das Leben. Lässt das Leben erstarren, legt den Filter seiner unerbittlichen Wahrheit darüber. Es hindert am Handeln. Würde man sich an alles erinnern, gäbe es keine Überraschungen. Staunen entsteht aus Vergessen. Unglück auch.

Die zum Licht geneigten Köpfe der Sonnenblumen zogen mit voller Geschwindigkeit an ihr vorbei. Es war Sommer über den Feldern. Auch über dem kleinen Haus mit den drei Zypressen war noch Sommer. Sie hatte Urlaub. Allein war sie Wanderwegen gefolgt, vorbei an Brunnen, an goldenem Nebel über Weinbergen, an Gebäuden am Ende von Pfaden, im Gesang der Zikaden, mittags im grellen Licht oder um Mitternacht, weit weg von den Geräuschen der Stadt. In braunen Furchen inmitten von Bäumen, Blumen, Mohn, Lavendel und Lavendelduft. Im Halbdunkel hatte sie Gras brennen sehen und wie der Schäfer sich davonmachte … Das Gestein der Felsen und Berge, von Glyzinien überwucherte Dörfer, um vier Uhr nachmittags die Stille über Weinbergen und Hügeln, das Blaugrün der weiten Abenddämmerung.

Noch war Sommer, der Himmel klar, die Erde ockerfarben, die Berge warm, und über der kleinen Steinmauer beobachtete sie das flirrende Farbenspiel des Regenbogens im Dorf mit den verwitterten Gemäuern. Sie spazierte zwischen berankten Dachziegeln umher, über den Marktplatz voller großer Körbe, dann durch den Staub auf dem Weg, ein Schatten, der sich schwankend aus der Erstarrung löst, vorbei an den Steinbrüchen des Bergdorfes, erfüllt von einer seligen Klarheit. Sie fühlte sich allein.

Er betrachtete die Wölbung ihrer Schultern, ihre blo-
ßen Arme, ihren Hals, ihre Haut. Die Haltung ihres
Kopfes, ihren Mund, den Schwung ihrer Wimpern,
ihr Kinn, noch einmal ihren Hals, ihre Schultern, ihre
Brüste. Wieder hatte er Lust, zu ihr zu gehen, sie zu
streifen, zu berühren. Unvermittelt schloss er die Augen angesichts der Bilder aus seiner Erinnerung und
der Zukunftsvisionen, die ihn erschauern ließen und
in extreme Spannung versetzten. Er öffnete die Augen.
Er durfte keinen Fehler machen. Es war zu riskant, eine
Unbekannte anzusprechen. Er brauchte eine Strategie.
Zunächst musste er abwägen, wie seine Chancen standen. Schlecht. Er kannte sie nicht, wusste nichts über
sie. Aber nicht gleich null, denn sie hatte ihn angesehen.
Es bestand eine Möglichkeit. Er musste sie kennenlernen, bevor er sie ansprach, sie beobachten, ihre Zeichen
lesen, herausfinden, wer sie war, abwarten, was sie von
sich preisgab. Sie überraschen. Wortgewandt, einfalls-
reich und anregend sein. Stärke, Vertrauen, Vernunft,
Ruhe und Beherrschung ausstrahlen.

Sie stand auf. Stürmte in seine Richtung.

Ein Duft im Gang erfasste ihn. Rose, Myrrhe und
Sandelholz. Ein erlesener, flüchtiger Hauch, plötzliche
Vertrautheit. Er zögerte, bevor er noch einmal Luft hol-
te. Er hielt den Atem an.

Sie ging an ihm vorbei, wobei ihr Blick ihn streifte.
Ihr Kleid wirbelte um ihre Beine. Die Männer beobachteten sie. Also war er nicht der Einzige, dem sie auf-
gefallen war. Der Gedanke gefiel ihm. Er grüßte sie im

Vorbeigehen, indem er den Kopf ein wenig neigte, aber sie lief weiter, ohne seinen Gruß zu erwidern, gefolgt von ihrem Sitznachbarn, einem jungen Mann, der attraktiv und gut gekleidet war. Wer war er? Ein Kollege? Ein Bekannter? Ein Freund? Ihr Lebensgefährte? Ihr Verlobter? Vielleicht ihr Ehemann?

Rose, Myrrhe und Sandelholz – Düfte, die ihre Haut verströmte wie Atem und ihn in eine andere Welt beförderten: bekannt und unbekannt zugleich, archaisch und künftig, eine ruhige, friedliche Oberfläche, ein Brückenschlag zu einer Insel, eine windstille Nacht, die Milchstraße, ein unberechenbarer Ozean, der ihn überwältigte und überraschte.

Da kam sie auch schon zurück. Allein. Sie hielt einen Becher in der Hand. Er hatte die Gelegenheit versäumt, sie zum Speisewagen zu begleiten. Er ärgerte sich über sich selbst.

Der Zug schwankte ein wenig. Sie geriet ins Straucheln und verschüttete dabei Kaffee auf ihn. Sie murmelte: »Oh, das tut mir leid«, beugte sich hinunter und berührte ihn dabei ganz leicht, verstohlen, und er, er hatte sich verbrannt und wusste nicht, was er sagen sollte.

Hinter ihr war jemand. Sie musste weitergehen und sich wieder auf ihren Platz setzen.

Da begriff er. Die Erinnerung erfasste ihn zusammen mit dem Geruch ihres Parfums und belebte sein störrisches Gedächtnis, ganz mühelos. Er wusste wieder, wo er sie getroffen hatte.

Als er sie zum ersten Mal bemerkt hatte, trank er gerade einen Kaffee, um sich aufzuwärmen. Das hatte ihm gutgetan, ihm neue Kraft gegeben, als er fror, seinen Durst gestillt und den Schmerz in seinem leeren Bauch gelindert. Sie war ganz in seiner Nähe gewesen in der Kirche, und er hatte ihr Parfum gerochen, wie etwas, das nicht zu dieser Situation passte, eine Wohltat.

Er wusste weder, wer sie war, noch, warum sie ausgerechnet an jenem Tag gekommen war. Er hatte sie zuvor noch nie gesehen. Die Art ihrer Kleidung, ihr strenges Kostüm, ihre kühle, distanzierte Haltung, obwohl sie aufmerksam beobachtete, wer kam und ging, führten dazu, dass man sie trotz der vielen Menschen bemerkte. Nein, er hatte den kurzen Augenblick in der Kirche nicht vergessen, als dort die Angst herrschte.

Und sie, hatte sie ihn wiedererkannt?

Er strich sich mit der Hand über die Wange. Er hatte sich mehrere Tage lang nicht rasiert, sein Bart kratzte auf der Haut. Am Morgen hatte er unterwegs eine heiße Dusche genommen. Beinahe hätte er sich vom Lastwagenfahrer einen Rasierer geliehen, aber er hatte sich nicht getraut. Jetzt bereute er es. Er achtete auf sein Äußeres, selbst unter schwierigen Bedingungen ließ er sich nicht gehen. Er machte sich viele Gedanken darüber, wie er wirkte. Seit er unterwegs war, war er ständig mit dem Bild konfrontiert, das andere von ihm hatten.

Er hatte Erfolg bei Frauen. Schon sehr früh wusste er, dass er anziehend war. Er sah es in ihrem Blick. Sie musterten ihn, und er tat dasselbe mit ihnen. Er mochte sie. Er schmeichelte ihnen gern. Er mochte es, wenn sie ihm widerstanden. Er brachte sie gern zum Lachen, roch gern ihren Duft, betrachtete sie gern und forderte sie gern zum Tanzen auf. Er hörte ihnen zu. Sprach mit ihnen über ihr Leben. Sie schenkten ihm ihre bedingungslose Liebe. Er machte Gebrauch von dieser Macht. Missbrauchte sie. Aber das war in einem anderen Leben.

Sie kramte in ihrer Tasche, holte einen kleinen Beutel hervor und öffnete ihn. Rasch tupfte sie sich das Gesicht vor dem Spiegel ihrer Puderdose ab. Sie nahm einen Stift und fuhr damit über ihr Augenlid. Dann einen Lippenstift, den sie auf ihre ohnehin schon roten Lippen auftrug.

Sie betrachtete sich in dem kleinen Spiegel. Sie sah jetzt anders aus. Hatte ein Bild rekonstruiert. Ihr eigenes Bildnis geformt. Ihr Gesicht wie eine Leinwand bemalt. Sie hatte es verhüllt, aber er hatte es nackt gesehen.

Er war durcheinander. Er gab sich damit zufrieden, sie zu sehen, und doch befriedigte es ihn nicht. Ihr Blick hatte seine Erinnerung erfasst, darin verschmolzen seine Fantasien. Vor Mitternacht würde sie ihm gehören.

Wann begreifst du, dass sich für uns alles jetzt entscheidet? Später ist es zu spät.«

Der Zug hatte an einem Bahnhof gehalten. Mutter und Kind hatten ihre Sachen genommen und waren ausgestiegen. Ein junges Paar, das sich lebhaft unterhielt, nahm die Plätze ein. Sie verdeckten ihm die Sicht auf sie.

Vor ihm zogen die Hügel in Wellen vorbei. Die letzten Sonnenstrahlen brachen durch die Wolken und erhellten hin und wieder plötzlich die Ebene. Die Berge entfernten sich im Dunst. Die Wolken flogen im Rhythmus des Zuges vorbei. Sie näherten sich der Stadt, schwindelerregend schnell. Bald kämen gerade Straßen, Arkaden, gehetzte Leute mit leeren Augen und Gesichtern grau wie Mauern oder Gebäude, erleuchtete Zimmer in großen Häusern, geschlossene Fenster, verriegelte Läden davor, eingeigelte Familien, endlos breite, erleuchtete Alleen, regennasse Pflastersteine, anonyme Passanten und unbekannte schöne Frauen.

Er zuckte zusammen, als er den Schaffner vor sich sah. Sein Herz begann schneller zu schlagen. Er hatte vergessen, dass er schon eine ganze Weile in der ersten Klasse saß. Er hätte früher verschwinden sollen.

Er entschuldigte sich.

»Sie dürfen hier nicht sitzen, Monsieur. Auch nicht kurz. Haben Sie Ihre Fahrkarte dabei?«

Er warf der Frau einen raschen Blick zu. Entsetzt sah er, dass sie die Szene beobachtete, ebenso wie ihr Sitznachbar und das gesamte Abteil.

»Nein …«

Der Schaffner öffnete seine Tasche, aus der er bedächtig ein Protokollheft zog.

»Haben Sie Bargeld dabei?«

»Nein.«

»Dann also einen Scheck.«

»Ich habe kein Scheckheft.«

Er hatte es ganz ruhig gesagt, vollkommen beherrscht, als wäre es ganz normal. Der Schaffner warf ihm einen wütenden Blick zu.

»Glauben Sie etwa, Sie könnten einfach so mit dem Zug fahren, wie es Ihnen gefällt?«, rief er. »Noch dazu in der ersten Klasse? Zugfahren ist nicht umsonst, Monsieur. Tja, wenn Sie keine Fahrkarte haben, müssen Sie mit einer Geldstrafe rechnen, oder sogar mit einer Gefängnisstrafe, wenn Sie nicht bezahlen. Haben Sie einen Ausweis?«

Er schaute ihn an, ohne zu antworten.

Der andere wiederholte die Frage etwas lauter.

»Haben Sie einen Namen, Adresse, Telefonnummer?« Er hielt einen Augenblick lang inne, dann fügte er hinzu: »Sie haben nichts, womit Sie sich ausweisen können? Aufenthaltserlaubnis, Reisepass, internationaler Führerschein?«

»Tut mir leid, Monsieur. Ich habe nichts dergleichen.«

Es folgte eine lange Stille. Der Schaffner betrachtete ihn, halb erstaunt über den sanften Ton, halb befriedigt, weil er schon etwas Ähnliches geahnt hatte.

»Dann ist die Sache noch viel schlimmer. Viel schlimmer«, sagte er. »Damit Sie Bescheid wissen, ich bin verpflichtet, Sie der Polizei zu melden, sobald der Zug ankommt … Ich muss Sie bitten, auf Ihrem Platz zu bleiben und sich bis zur Ankunft am Bahnhof nicht wegzubewegen, sonst droht Ihnen ein Verfahren.«

Der Schaffner blieb noch einen Moment stehen. Er zögerte, als fragte er sich, ob er ihn nicht lieber selbst bewachen sollte. Nachdem er ein paar Notizen in seinem Heft gemacht hatte, entschied er sich schließlich weiterzugehen. Er wagte nicht, sie anzuschauen. Er schämte sich.

Sie sah ihn an. Ganz sicher. Sie beobachtete ihn aus dem Augenwinkel.

Er senkte den Kopf und biss sich auf die Lippen. Dachte daran, dass er beim Aussteigen festgenommen werden würde, wenn der Schaffner seine Drohung wahr machte.

Er musste sich beeilen. Schneller sein. Das war schwierig, aber das hatte er gelernt in all den Ländern, in denen er ohne Fahrschein unterwegs gewesen war.

Seltsam. Die Aussicht, verhaftet zu werden, hatte seine Begeisterung für sie nicht gebremst. Sie war stärker als die Angst vor der Polizei, stärker als das Leben, das sich gegen ihn verschworen hatte.

Er würde sie beim Aussteigen ansprechen. Über ihr auf der Ablage war ein schwarzer Koffer verstaut. Auf dem Bahnsteig würde er ihr anbieten, ihr Gepäck zu tragen, und sie begleiten. Und wenn er direkt vor ihren Augen verhaftet würde? Er musste hier weg, den Platz verlassen, den man ihm zugewiesen hatte. Es war demütigend, nach dieser Szene sitzen zu bleiben, vor aller Augen, auch vor ihren. Er stand auf. Unter den neugierigen Blicken der Reisenden durchquerte er das

Abteil gegen die Fahrtrichtung und ging gelassen an ihr vorbei.

Auf das sanfte Auf und Ab der Ebenen folgten die Verkehrsadern der Vororte, geometrische Formen im Asphalt. Es war so weit, der Zug näherte sich dem Ziel.

Sie war ungeduldig und glücklich, zurück nach Hause zu kommen, in das gewohnte Treiben, die Betriebsamkeit der Stadt.

Er war im letzten Wagen. Er setzte sich. Er hatte nicht viel Zeit, um zu verschwinden, wenn die Polizei da war. Er nahm seinen Hut ab und betrachtete ihn einen Moment. Dieser Filzhut. Wie oft hatte er ihm schon aus der Patsche geholfen. Zehn, zwanzig, dreißig Mal? Er lenkte die Aufmerksamkeit auf sich als »Mann mit dem schwarzen Hut«. Dann nahm er ihn ab. Und niemand erkannte ihn wieder.

Er faltete ihn sorgfältig zusammen und steckte ihn in die Hosentasche. Anschließend zog er seine schwarze Jacke aus und legte sie ins Gepäckfach. So, wie er seine Kleidung überall liegen ließ, hatte er bald nichts mehr anzuziehen. Gerade war er der Mann im weißen Hemd.

Er saß da, die Stirn ans Fenster gepresst, den Blick auf die Stadt gerichtet, als sähe er dieses Bild zum letzten Mal.

Dunkle Gebäude. Gesichtslose Straßen und Gassen. Obdachlose und Nachtgestalten, auf Kartons unter Brücken, im Alkoholrausch eingeschlafen. Suppenküchen auf den Plätzen und lange Schlangen ohne

Hoffnung. Die Avenuen so fern. Autos auf der Straße, Stoßstange an Stoßstange. Gereizte Fahrer, die brüllen und wild gestikulieren, ohne die phlegmatischen Fußgänger vorbeizulassen. Die, die nicht zur Arbeit gehen müssen, keine Metro kriegen, keine Lebensmittel einkaufen, keinen Kühlschrank füllen und keine Verabredung einhalten müssen. Die immer vor den Fensterfronten der Restaurants herumstreunen, vor Tischen, die überquellen mit Vorspeise, Hauptgang und Dessert. Die sich vorzeitig aus dem Krankenhaus entlassen, die Straße dem Bett vorziehen. Die, die auf dem blanken Gehweg sitzen und noch betteln können, und die, die schon zu lange daliegen und es nicht mehr können. Die mit Papieren und die ohne. Sie alle schloss die Stadt in ihre tentakelartigen Arme, ohne sie je wieder loszulassen.

Sie verleibt sie sich ein, dachte er. Ja, so war es, in der Anonymität der Stadt hätte er keinerlei Chance mehr, die junge Frau aus dem Zug zu treffen.

Da standen sie vor dem Zug zwischen den drängelnden Reisenden, die es eilig hatten auszusteigen, manche mit schwerem Gepäck, andere ohne irgendetwas. Groß und Klein, Jung und Alt, Alleinstehende und Familien, alle stiegen sie aus, wollten schnell das Ende des Bahnsteigs erreichen, um in ihr Leben zurückzukehren, in ihre Beziehungen, zu ihrer Arbeit, in ihre Einsamkeit.

Es waren viele, sie kamen nur schwer voran. Die, die es am eiligsten hatten, bahnten sich einen Weg durch die dichte Menge. Aber keiner berührte oder streifte den anderen, niemand schaute nach rechts oder links. Alle Augen richteten sich auf das Ende des Bahnsteigs, der das letzte Ziel der Reise war und, vielleicht, ein neuer Anfang – oder die unvermeidliche Rückkehr in ein Leben, das der Vergangenheit angehörte, in die Routine, die Gewohnheit der eigenen vier Wände, die immer wieder von vorn begann.

Manche blickten ihn neugierig an. Ein Mann ganz allein, ohne Gepäck, ohne Koffer. Warum reiste jemand ohne alles, außer er besaß nichts? Seinem Gesicht war die Fremdheit eingeschrieben. Er fühlte sich schlecht, weil er anders war. Wäre gern in der Menge untergetaucht. Hätte gern irgendetwas in der Hand gehabt. Hätte so sein können wie sie. Er glich ihnen. Und dennoch war er nicht gleich, sondern anders in ihren Augen. Er würde es immer sein.

Intuitiv wollte er etwas Bedeutungsvolles sagen. Aber plötzlich fehlten ihm die Worte. Er hätte sie gern gefragt, wer sie war, was sie in der Kirche getan und ob sie gesehen hatte, was passiert war. Er hätte gern mehr darüber erfahren.

Und dann hätte er ihr vorgeschlagen, etwas trinken zu gehen … Er konnte nicht.

Wenn er doch nur zu Hause gewesen wäre, in besseren Zeiten. Dann hätte er sie in sein Haus auf dem Hügel eingeladen. Wo eine große Treppe in geheime Zimmer hinaufführte. In Truhen verwahrte Manuskripte erzählten von einer anderen Zeit, der seiner Vorfahren. Philosophische Gedichte über das Leben und das Schicksal des Todes, die von einer uralten Weisheit kündeten, wehmütig und belanglos, traurig und fröhlich zugleich, denn alles war nur Fassade und falscher Schein, das geschäftige Treiben der Menschen, ihre Wünsche und Vorsätze. Die Gedichte erzählten davon, dass nichts einen Sinn hatte und wir nur kurz auf dieser Welt waren.

Er hätte ihr gern vorgeschlagen, sich zu unterhalten. Das barg ein großes Risiko. Überhaupt: Warum hätte sie mit einem Fremden reden sollen? In ihrer Sprache hatte das Wort fremd noch eine andere Bedeutung: seltsam. Was sie anging, das wusste er, traf beides auf ihn zu.

Da erinnerte er sich an das Land, aus dem er kam. Man musste weiterhin essen, schlafen und lieben, selbst wenn es scheinbar keinen Grund dafür gab. Jedes Mal, wenn man kämpfen musste. Wenn die Fensterscheiben zerbrachen, der Jugend die Zukunft genommen, Leben durch Hass vernichtet wurde. An dem Tag, als sie gekommen waren und mit roter Farbe an die Fensterscheiben seines Hauses geschrieben hatten, hatte er begriffen, dass er weggehen musste.

Siebzehn Monate unterwegs, durch militärische Sperrgebiete und Wälder, in denen man sich verirrt, vier Monate Gefängnis, dreißig Stunden im Lastwagen, Flucht in der Nacht, Hunde und Wachtürme, Wärmebildkameras, die den Wald absuchen und Jagd auf Menschen machen wie auf Tiere.

Man legte ihm Handschellen an, man schrieb ihm mit Filzstift eine Nummer auf die Hand, man nahm seine Fingerabdrücke, man machte ein Polizeifoto und brachte ihn zurück zur Grenze. Zu einer anderen. Er passierte sie in die eine, dann wieder in die andere Richtung, bis er ins Lager kam. Auch dort hatte er Angst davor, auf die Straße zu gehen, festgenommen zu werden, spätabends unterwegs zu sein, zu laut zu reden … Die langen Nächte, wenn man die Hoffnung nicht aufgeben durfte, ausharren musste, um wegzukommen, noch weiter weg, noch schwächer zwar, aber in Richtung Freiheit.

Sie wurde ungeduldig. Es war warm. Vermutlich verlief ihre Schminke. Sie müsste sich ein bisschen nachpudern, aber hier, auf dem Bahnsteig, vor den Augen dieses Mannes, war das nicht günstig. Dazu der Wind, der ihr das hochgesteckte Haar zerzauste. Warum war sie so nervös? Er zog sie in seinen Bann, dieser Mann, der ihren Koffer trug. Sich selbst beim Denken zu ertappen nervte sie. Sie hasste es, von Unbekannten angesprochen zu werden. Sie sollte ihr Gepäck besser wieder selbst tragen, sie hätte seine Hilfe nicht annehmen sollen.

Da waren diese Blicke im Zug gewesen. Sie hätte nicht so zu ihm hinüberschauen sollen. Er hatte es bemerkt, und jetzt machte sie sich Vorwürfe deswegen. Wenn er nun ein Verrückter war? Wenn er sie von Anfang an verfolgt hatte?

Ein Verrückter, ja ... vielleicht? Er hatte merkwürdig ausgesehen mit seinem Hut und der schwarzen Jacke im Zug, mitten im Sommer, und jetzt war beides weg. Wo war seine Jacke geblieben? Er hatte keine Tasche, kein Gepäck. Er trug bloß ihren Koffer. Er war bloß ...

Schwindel übermannte sie. Angsterfüllt zwang sie sich, der Panik nicht nachzugeben, die Besitz von ihr ergriff.

Er schaute nach rechts und links. Wenn die Polizei auftauchte, wäre alles zu Ende zwischen ihnen. Die Menschen um sie herum beeilten sich, konnten es kaum erwarten anzukommen. Er wollte, dass sie alle stehen blieben, innehielten, eine Ruhepause einlegten, wie bei einem Seufzer, einer Fermate. Ja, er hätte sich eine Pause gewünscht. Aber die Zeit floss unaufhaltsam weiter. Als hätte sie es gerade dann eilig, wenn man eigentlich wollte, dass sie sich dehnte.

Er kannte sich aus mit dem Kampf gegen die Zeit: Will man, dass sie schnell vergeht, kriecht sie. Bittet man sie, langsamer zu sein, rast sie.

Sie beschleunigte ihren Schritt. Ihr Haarknoten löste sich ein wenig, einzelne Strähnen fielen ihr auf die Wangen, ihr Kleid wirbelte umher, beschrieb Kreise rund um ihre schlanken Beine, Spiralen wie beim Eiskunstlauf oder im Rauch eines Lagerfeuers. Eine blickdichte weiße Hülle aus rauem Stoff. In seiner Familie war die Farbe Weiß tabu. Niemand trug je Weiß, er wusste nicht, warum.

Die Angst gewann langsam die Oberhand. Es waren viele Menschen auf dem Bahnsteig. Sie könnte sich verteidigen, jemanden ansprechen. Was wollte er? Vielleicht war er geistesgestört. Er hatte nicht gesehen, dass sie den Kaffee nicht absichtlich auf ihn geschüttet hatte. Er glaubte sicher, sie habe ihn angreifen, ihn provozieren wollen. Man müsste ihn beruhigen, ihm klarmachen, dass sie keinerlei Absichten ihm gegenüber hegte, gleichgültig war, oder besser friedfertig. Ja, genau, friedfertig, das war das richtige Wort.

Er nahm sich vor, gleich mit ihr zu sprechen, eine Anspielung auf den verschütteten Kaffee im Zug zu machen, eine gemeinsame Erinnerung, die eine weitere nach sich zöge, und so würde sie verstehen, dass all das nicht willkürlich geschah, kein Zufall war, sondern dass sie sich auf diesem Bahnsteig wiedertreffen sollten.

Vielleicht dachte er, dass sie sich an ihn heranmachen wollte, dass sie den Kaffee absichtlich vergossen hatte, um ihn zu berühren. Er war es, der sie für eine Verrückte hielt, die unter Liebeswahn litt … Eine Frau, die sich Männern näherte, indem sie Kaffee verschüttete. Wie abscheulich. Was für ein schrecklicher Irrtum. Sie ärgerte sich, dass sie Interesse signalisiert hatte, ohne es überhaupt zu merken. Die Blicke und die anschließende Berührung konnten als lauter Gesten aufgefasst werden, die ihm galten.

Er spürte, dass er gerade dabei war, sie zu verlieren, ihr auf die Nerven zu gehen, sie durch seine Unbeholfenheit zu verärgern. Er begriff, dass sie nicht viel Zeit für ihn hatte.

Er wagte nicht, sie auf das Buch anzusprechen, das sie gelesen hatte. Lieber würde er mit ihr über Musik sprechen. Wenn man sich in seinem Land abends traf und dieser magische Moment entstand, wenn die einen sangen und die anderen tanzten, dann vergaß er für einen Augenblick alles. Er flüchtete sich in eine Welt, in der man die Wirklichkeit wahrnehmen und gestalten, ihr eine sinnliche Form geben konnte. Wein, Musik und die Nacht ließen ihn seit seiner Kindheit die Macht und Kraft der Liebe ahnen. Denn nichts öffnet die geheimen

Türen eines Herzens wie Musik und bringt Seelenqualen, Hoffnungen und Enttäuschungen, Erwartungen ans Leben zum Vorschein. Nichts berührt so tief wie die menschliche Stimme, die zeitlos ist und stärker als Sprache und Taten, große Worte und Gesten ... Er war besonders empfänglich für Frauenstimmen.

Ihre war außergewöhnlich, ein bisschen heiser und streng. Ein Kontrast zu ihrem sonst so gesitteten und zivilisierten Wesen.

Sie sah, dass er auf das Buch schaute, das aus ihrer Tasche ragte. Es war ein dicker weißer Wälzer, *Verwaltungsrecht* stand in lila Buchstaben darauf.

Sie zog es noch ein Stück weiter heraus. Das war die ultimative Abwehr, das Anti-Verführungsmittel, die tödliche Waffe. Ein Scheidungsgrund. Außer er war Jura-Dozent, dann hätte er stundenlang darüber reden können. Aber er machte nicht den Eindruck.

Er biss sich auf die Lippen. Er wusste, was das war. Sein Bruder lehrte Jura. Sein Bücherregal war voller Bände mit ähnlichen Titeln. In diesem Augenblick bereute er es, sich nie für das Fach oder die Ausführungen seines Bruders interessiert zu haben.

Ihr Blick war sanfter geworden. Er näherte sich ihr. Sie machte einen Schritt zur Seite. Er ging auf Abstand. Sie trat vor. Er ebenfalls. Ein seltsames Ballett zeichnete sich ab, nicht einsame, sondern zweisame Schritte, ein Pas de deux.

Plötzlich blieb sie stehen. Sie öffnete ihre Tasche und holte ihre Puderdose heraus. Während sie sich im Spiegel anschaute, tupfte sie sich erneut leicht über das

Gesicht. Er stand daneben, verlegen und fasziniert. Sie war bezaubernd. Hatte scharfsinnige, wache Augen, die bunt und lebendig schillerten. Einen warmherzigen Blick. Sie war zierlich. Ihr Körper strahlte gleichzeitig Anmut und Stärke aus, Maß und Disziplin einer Tänzerin. Sie besaß nicht die Sinnlichkeit der Frauen, die er gekannt hatte. Ihrem Äußeren haftete etwas Sprödes und Hartes an. Aber sie bewegte sich wie eine junge Katze, unauffällig und anmutig. Es ging etwas Positives und Fröhliches von ihr aus, etwas ganz und gar Energisches. Eine große Kraft strömte aus der Tiefe ihres Blickes, aus ihren Bewegungen. Er betrachtete ihre Beine, ihre Arme, ihre Lippen. Sie war reizend. Er hatte Lust, sie zu küssen.

Sie verstaute ihr Schminkzeug und warf ihm dabei einen raschen Blick zu.

Sie bedankte sich bei ihm und sagte ihm mit knappen Worten, dass sie ihren Koffer wieder selbst nehme.

Sie reichte ihm die Hand, eine freundschaftliche Geste, Danke und Auf Wiedersehen.

Er nahm die Hand und verbeugte sich leicht.

Sie ergriff ihren Koffer. Sie machte sich wieder auf den Weg und marschierte los, mit langen Schritten. Ihr eiliger Gang wurde immer schneller.

Er betrachtete ihre schlanken Beine auf den hohen Absätzen, ihr helles, hochgestecktes Haar mit dem goldenen Schimmer, das im Begriff war, sich zu lösen.

Alles an ihr schien in die Ferne zu streben, ihre schmale Gestalt, der entschlossene Schritt, die energische Haltung. Ihr Kleid tanzte mit der Bewegung und im Wind. Mit einem Mal eilte er ihr nach.

Er sah sie vor sich, wie sie wegging. Wusste nicht, was er tun sollte, um sie aufzuhalten. Eine Frau wie sie, sagte er sich, muss man im Galopp nehmen, mit dem Säbel zwischen den Zähnen.

Er blieb auf dem Bahnsteig stehen. Nein, natürlich durfte er sie nicht verfolgen. Das konnte er nicht machen. Sie würde glauben, er wäre verrückt oder verzweifelt. Das Ganze war nur ein Hirngespinst, reine Theorie. Ein Produkt seiner Einbildung. Eines Tages würde er vielleicht festgenommen und zur Grenze zurückgebracht werden. Er müsste zurückkommen und warten, wieder warten, um nach drüben zu gelangen … Er konnte nicht mehr. Er war betäubt, erschöpft von den langen Monaten unterwegs. Im Moment hatte er nichts als seine Träume, und er war ihr gefolgt. Ihm war nicht mehr kalt, er hatte keinen Hunger mehr, er war nicht mehr traurig. Er hätte weinen mögen. Aber er konnte nicht. Das hatte er noch nie gekonnt.

Er beschloss, sie gehen zu lassen.

Er musste nur weitergehen, abwarten, sonst nichts. Mehr konnte er im Moment nicht tun: ruhig und gelassen bleiben, weitergehen, nicht nachdenken. Sich von dem, was geschah, treiben lassen. Bis er festgenommen würde. Bis ans Ende des Bahnsteigs. Das Ende des Abenteuers, das Ende des Traums. Ausharren, bis zum Tod.

Genau in diesem Augenblick drehte sie sich um. Sie wirkte unbefangen und kam geradewegs auf ihn zu.

Ach, Sie kommen zurück.«

Er lächelte sie an. Aber sie warf ihm einen düsteren Blick zu und deutete zum Ende des Bahnsteigs.

Er sah hin. Genau in diesem Moment ging der Schaffner aus dem Zug auf die beiden Männer mit Käppi zu. Er begann, mit ihnen zu reden. Alle drei wandten sich zum Bahnsteig. Begannen, die Gesichter der Ankommenden zu studieren. Nahmen ein wenig Abstand voneinander. Zusammen bildeten sie eine Art Sperre.

Sie reichte ihm ihren Koffer, dann ihren Arm und gab ihm ein Zeichen, beides zu nehmen.

»Ich denke, sie werden nach Männern suchen, die allein unterwegs sind. Gehen Sie auf die linke Seite. Dann sehen sie Sie nicht.«

Er hielt sie am Arm. Sie liefen in angemessenem Tempo, nicht zu eilig, um nicht aufzufallen.

Er wusste nicht, was er sagen sollte. Er hätte ihr gern seine Geschichte erzählt. Einmal war er zu Fuß unterwegs gewesen, ganz allein auf der Straße, mitten in der Nacht. Er war vollkommen erschöpft und wollte einfach nur schlafen. Er wusste nicht, wohin. Schließlich war

er in einen Lastwagen gestiegen, an einer Autobahn-
raststätte. Todmüde war er eingedöst. Als er aufwachte,
waren sie schon weit weg. Der Laster fuhr damals Richtung Süden. Und jetzt hatte er so schnell wie möglich
zurückgemusst. Als er am Abend zuvor angerufen hatte,
hatte er erfahren, dass es noch einen Platz für ihn im
nächsten Transport gab. Darum war er in den schnells-
ten Zug gestiegen, ohne eine Fahrkarte zu kaufen. Er
hatte gerade einmal genug Geld, um den Schlepper zu
bezahlen. Das Treffen war für den Abend angesetzt, um
Mitternacht vor einer Kneipe in der Nähe des Bahnhofs.

Sobald er das Meer überquert hatte, würde er Asyl
beantragen. Soforthilfe vom Staat bekommen. Drüben
hatte man nach sechs Monaten das Recht, sich legal
eine Arbeit zu suchen. Kein Ausweis, keinerlei Stra-
ßenkontrollen ... Ja, drüben, das war Freiheit. Um dort
hinzugelangen, hatte er sein eigenes Land verlassen,
von jetzt auf gleich, niemandem etwas gesagt. Er hatte
alles, was ihn hielt, hinter sich gelassen und war mit
nichts als einer Tasche nachts weggegangen, um frei
zu sein – ohne darüber nachzudenken, um die Angst
am nächsten Tag zu vermeiden und an allen weiteren
Tagen, um vor dem Schrecken zu fliehen. Er war abge-
hauen, um sein Leben zu retten.

Sie hatte schon viele Ausländer gesehen, seit sie diesen
Beruf ausübte. Sie wollten Freiheit um jeden Preis und
waren bereit, dafür zu sterben, durch einen Strom-
schlag getötet oder niedergetrampelt zu werden, zu er-
sticken ...

Sie war während ihrer Ausbildung in den Norden geschickt worden. Das Praktikum in der Präfektur war nicht ihre erste Wahl gewesen. Sie wäre lieber weiter weg statt in die Verwaltungsbehörde des Departements gegangen, anderswohin, ins Ausland. Wollte reisen, andere Kontinente kennenlernen. Sie hatte nie aufgehört mit dem Lernen, seit sie an der Elitehochschule war. Sie war froh, bald für den Auslandsteil ihres Praktikums wegzukönnen.

Ja, sie hatte die Menschen kennengelernt, die ins Land gekommen waren. Nach der Schließung des Lagers hatten sie sich in den Feldern versteckt. Zu Hunderten waren sie in die Wälder rund um die Stadt geflohen. Sie halfen einander, gaben sich Ratschläge und lernten zu überleben mit nichts als ein bisschen Wasser und Brot, Feuer und ein paar Kleidern, die Einwohner und Vereine gespendet hatten.

Dann hatte die Polizei angefangen, die Bunker an den Stränden der Küste zuzumauern, ebenso leer stehende Unterkünfte. Der Präfekt hatte Unterstützung angefordert, fast fünfhundert Bereitschaftspolizisten, um die Zahl der Kontrollen zu erhöhen und die »Hausbesetzungen« zu unterbinden. Es wurde von Tag zu Tag schwieriger durchzukommen, die Straßen waren abgeriegelt, die Anspannung stieg, und der Streit eskalierte, wenn sie versuchten, andere Wege ausfindig zu machen, einer gefährlicher als der andere. Sie hatte Schlägereien miterlebt, wenn die Schlepper das Geld kassierten, ohne ihrerseits den Vertrag zu erfüllen. Von Zeit zu Zeit gab es Tumult, und das hieß Schreie, Schläge, Menschen, die außer sich waren vor Wut und Verzweiflung, die man beschwichtigen und voneinander trennen musste, manchmal zu spät. Manche starben für die Freiheit, wenn sie auf das Dach eines Zuges sprangen oder in einem Lastwagen erstickten.

Wenn sie wüssten … Wenn er wüsste, dass all das vergeblich war, dass jeder Asylantrag, der auf der anderen Seite des Meeres gestellt wurde, in den Einreiseländern bearbeitet und die Hilfe der Regierung allen verweigert würde, die sich nicht sofort bei der Ankunft angemeldet hatten, dass die Kinder nicht mehr in die Schule gehen und separat unterrichtet und sie alle in Sammelunterkünfte gesteckt würden. Lager, die mehr Gefängnis als Unterkunft waren, eingerichtet in alten Militärstützpunkten, weit weg von den Städten und weit weg von der Möglichkeit zu arbeiten …

Wenn er wüsste, was ihn erwartete … hätte er keinerlei Hoffnung mehr. Aber wenn er es nicht wusste, war es vielleicht noch schlimmer … Im Ausland hatte man ihm erzählt, die Staatengemeinschaft sei der Hort der Menschenrechte.

Sie konnte ihm nicht die Wahrheit sagen. Drüben gab es nichts für ihn. Und er durfte nicht in seine Heimat zurückkehren.

Auch sie hätte nicht dahin zurückgehen können, woher sie kam. In die Provinz nahe der Grenze der Gemeinschaft im Osten. Eine unwirtliche Stadt, die sie seit ihrer Kindheit verlassen wollte. Sie hatte sich dort nie wohlgefühlt. Die Einwohner kapselten sich von der Außenwelt ab und waren unfreundlich. Es war kalt in der

Stadt und kalt in den Herzen. Sie wäre gern an einem anderen Ort auf die Welt gekommen, wo es schöner war, im Süden. Mit Willenskraft hatte sie sich ein Leben aufgebaut, eine Hürde nach der anderen genommen und die Aufnahmeprüfungen bestanden. Sie war in die Hauptstadt gezogen. Für sie bedeutete die Verwaltungshochschule Freiheit. Heute gehörte sie zur Elite der Nation, wie es hieß. Sie bekam Geld dafür, dass sie studierte. Sie wurde respektiert. Was nicht so einfach war, denn sie kam aus keiner angesehenen Familie. Der Staat glaubte an sie und zeigte sich erkenntlich. Sie war sein Kind, sein Geschöpf. Sie war stolz auf die Position, die sie sich durch Willensstärke, Mut und Ausdauer erkämpft hatte. Sie hätte gern vergessen, woher sie kam, dieses zweisprachige Kaff. Sie war davongekommen. Sie war glücklich und stolz, für den Staat und die Staatengemeinschaft zu arbeiten.

Er hielt sie am Arm.

Er tat alles, um ruhig und gelassen zu wirken, um Vertrauen zu erwecken, und das war nicht einfach. Er musste ihr zeigen, dass er besonnen und vernünftig war. Aber in seinem tiefsten Innern saß immer die Angst, wie ein treuer, ein zu treuer Freund. Kalter Schweiß, ein Herz, das durchdreht, aufschreckt, stehen bleibt und dann doch weiterschlägt. Tief sitzende, unkontrollierbare Angst. Im Bauch das mulmige Gefühl zu fallen, zu fallen, immer weiter zu fallen. Weiche Beine, zitternde Knie. Angst, rauszugehen, Angst, nicht rauszugehen, Angst vor der Nacht und vor dem anbrechenden Tag. Angst, etwas falsch gemacht zu haben, bei jedem Polizisten, bei jedem blauen Auto. Bei jedem weißen Auto. Bei jedem Auto. Nicht im Recht zu sein, niemals. Angegriffen zu werden. Angst, zu entkommen. Dass es tatsächlich klappt, auch davor. Angst, ein menschliches Grundgefühl, das ursprünglichste, das universellste. Alle Menschen haben Angst. Das verbindet sie. Ihretwegen schließen sie sich zusammen, als Schutz gegen die Angst vor dem Gesetz.

Um der Angst zu entwischen, musste er an etwas

anderes denken. Er stellte sich vor, sie wären wirklich zusammen. Weil er nicht an die Polizeisperre denken durfte, nutzte er die Gelegenheit, um sich in Gedanken alles genau auszumalen. Es wäre unfassbar und wunderschön. Sie stünden zusammen vor einem Springbrunnen auf einer grünen Wiese bei Sonnenuntergang, die Sonne ein großer roter Ball, der Fluss dunkel glitzernd wie ihr fröhlicher, trauriger und tiefer Blick, und schließlich gingen sie strahlend davon, undeutlich, unentschieden, unendlich.

Er war schon einmal in der Hauptstadt gewesen. Er hatte gefroren und sich deshalb geschworen, eines Tages zurückzukehren, und zwar mit der Frau seines Lebens, der Frau, die er lieben würde. Der Gedanke hatte ihm geholfen durchzuhalten, er war seine Nahrung, wenn er Hunger hatte, die Quelle, aus der er trank, wenn er Durst hatte.

Denn die Hauptstadt ist die Stadt, wo der Fluss fließt, wo die Liebe zu neuem Leben erwacht, die geschichtsträchtige Stadt, in der die Zukunft in der Gegenwart präsent ist und die Gegenwart in der Zukunft. Die Liebenden gehen hier vor Anker, legen den Grundstein, das Fundament, damit ihr Traum nicht nur dem Augenblick gehört. Glück, das ist das Glück der Hauptstadt, das mit der Zeit noch größer wird.

Im Stadtkern, ihrem kostbaren Herzstück, war er inmitten all der Liebespaare von Insel zu Insel zu Insel gegangen. Er war an den Ufern des großen Flusses entlanggelaufen, war eine ganze Weile auf der Brücke stehen geblieben und hatte dort eine Zigarette geraucht.

Nie zuvor war er an einem Ort gewesen, an dem Paare sich umarmten und küssten. In der Wasserspiegelung sahen sie sich an, während sie sich gleichzeitig schon an diesen Augenblick erinnerten, und indem sie den Moment aus höchster Warte betrachteten, aus der Zukunft, erlebten sie ihn noch intensiver.

Er erinnerte sich an den Sonnenuntergang am Fluss. Dort hatte er geschlafen, auf dem nackten Boden unter der Brücke, vor ihm die antike Stadt und das Wasser. Unter seiner Decke, nicht weit entfernt von denen, die auf Kartons schliefen, sagte er sich, er würde eines Tages zurückkehren, denn da lagen Hausboote auf dem Wasser, und dies war seine Stadt der Liebe. Und unter seiner Decke war er ein König.

Er erinnerte sich an die Abende am Flussufer, am Himmel Bilder wie aus grauem und schwarzem Rauch, kleine unwirkliche, zarte Wirbel.

Abends vergaß er alles. Abends gab es keine Vergangenheit mehr. Nur eine vage Erinnerung, eine Zukunft, eine makellose Zukunft. Hoffnung. Er hatte Musik gehört, die näher kam. Jemand spielte Saxofon. Die Musik kam von einem Schiff, dessen Kielwasser rot schimmerte. Da stand er auf und begann am Ufer zu tanzen, ganz allein, aber bald kamen auch die anderen. Sie sahen ihm zu: ein wahres Schauspiel für all die Familien, Frauen, Kinder, Obdachlosen und Fremden. Er drehte sich, und sein Körper trug ihn zu den Abendstunden in seiner Heimat. Er tanzte. Bald kamen Bässe zum Saxofon hinzu. Er spürte das Beben im Körper, den Rhythmus des Lebens.

Auf dem Schiff wurde ein Fest gefeiert, er sah vornehme Kellner, die Leuten in Anzügen und Krawatten Champagnergläser anboten. All das schien ihm jetzt so nah. So nah und so fern.

Er sagte sich, dass er gerade träume, dass das nicht wahr sei. Niemals würde er mit einer Frau wie ihr vor einem Springbrunnen im Sonnenuntergang stehen.

Als sie nun ihren Schritt beschleunigte, begriff er, dass sie froh war, endlich anzukommen, froh, nach Hause zu gehen. Er fragte sich, wie es wohl bei ihr aussah. War alles aufgeräumt oder war es unordentlich? Geräumig oder beengt? Hatte sie mehrere Zimmer oder nur ein einziges? Sie hatte nur einen kleinen Koffer. Reiste mit wenig Gepäck. Vermutlich war ihre Wohnung eher einfach eingerichtet, ohne viele Dinge. Sie hatte es offenbar eilig, nach Hause zu kommen, und trotzdem half sie ihm bereitwillig, ihm, dem Unbekannten, der kein Dach über dem Kopf hatte. Dem Nomaden, der auf der Durchreise war, dem Migranten, wie es bei ihnen hieß.

Sie lief an seiner Seite. Weiter voran. Warf einen Blick nach rechts und links. Vor ihnen die Polizei. Hinter ihnen die endlosen Gleise, sie hielt ihn fest am Arm.

Es war beruhigend zu denken, dass er nicht verrückt war, dass er sie nur brauchte, um über den Bahnsteig zu gelangen. Darum hatte er sie beim Aussteigen angesprochen. Weder um sie zu bedrohen noch um sie zu verführen. Sie hatte zu Unrecht Panik gehabt. Manchmal war sie zu empfindlich, sie musste stärker sein, verantwortungsbewusster, ansonsten würde sie es niemals schaffen wegzugehen.

Sie spürte seinen Arm an ihrem, einen starken, kräftigen Arm.

»Nein«, hörte sie eine Stimme sagen, und das war die ihrer Mutter, »du wirst dich doch wohl nicht mit einem Herumtreiber einlassen, den du im Zug getroffen hast, einem Versager, der noch nicht mal seine Fahrkarte bezahlen kann, einem Betrüger, einem Dieb, der schwarzfährt … Ein Illegaler! Meine arme Tochter, was ist nur aus dir geworden.«

Eine kleine, schmale, kühle Frau. Derart durchorganisiert, dass man niemals auch nur irgendetwas an ihrer

Ordnung ändern durfte, an dem, was sie entschieden hatte. Sie verbrachte ihre gesamte Zeit mit Aufräumen. Es musste immer alles sauber, ordentlich und tadellos sein. Wenn sie sie besuchte, konnte sie entweder gar nichts essen, oder sie stopfte alles in sich hinein.

Sie hatte Angst, ihr ähnlich zu sein. Sie träumte von Wasser mit unheilvollen Fischen, die sie fangen musste, aber sie entglitten ihr, und sie sagte: Ich will nicht in dieses Wasser zurück. Es war seltsam, die Anwesenheit ihrer Mutter beklemmte sie, und trotzdem konnte niemand außer ihrer Mutter sie beruhigen. Ein paar Wochen zuvor war sie am Blinddarm operiert worden. Sie hatte so gelitten, dass sie sie gebraucht hatte und ihre Stimme hören wollte, als könnte nur sie ihre Angst besänftigen. Aber ihre Mutter war ein einziges Mal nicht erreichbar gewesen, und sie hatte nicht mit ihr sprechen können.

Als Kind hatte sie sich oft gefragt, ob ihr Vater wohl glücklich mit ihr war. Er lebte in seiner eigenen Welt, die aus dem Unternehmen bestand, in dem er arbeitete und das seine Tage ausfüllte und seine Gedanken am Ende der Tage. Er kam damals abends sehr spät nach Hause. Er las Zeitung, sah fern und hörte niemandem zu. In seiner Jugend war er gereist: Er hatte sich ein Schiff geliehen und eine Weltreise mit Freunden gemacht. Sie fragte sich, wie er seine ganzen Ideale, seine Träume, seine Wünsche hatte aufgeben können, um in der Kleinstadt in einer Straße mit lauter Fertighäusern zu leben.

Eines Tages, als sie noch ein Kind war, hatte sie eine junge Frau in der Firma ihres Vaters getroffen, und sie hatte das Gefühl gehabt, dass da etwas zwischen ihnen war. Ohne erklären zu können, warum. Vielleicht ein zu eindringlicher, neugieriger Blick in seine Richtung? Vielleicht das Interesse, das ihr Vater dieser Frau entgegenbrachte? Oder einfach, weil sie hübsch war, hübscher als die anderen Angestellten? Darum hatte sie sich erkundigt und die junge Frau nach ihrem Werdegang gefragt, danach, wann sie ins Unternehmen eingetreten war. Sie hatte gespürt, dass sie die Sache richtig eingeschätzt hatte. Ohne es erklären zu können, es war lediglich ein Gefühl. Seither nahm sie sich in Acht vor ihrer Intuition. Sie ließ sie lieber von vornherein nicht gelten.

In den Tagen darauf war sie so krank gewesen wie noch nie zuvor, eine fürchterliche Grippe hatte sie zunächst körperlich und dann auch seelisch erfasst, tagelang, nächtelang. Es war nicht die Tatsache, dass ihr Vater sich so entschieden hatte, die sie störte, sie war beinahe glücklich, dass er ein Leben unabhängig von seiner Familie hatte, es brach ganz einfach ihre Weltanschauung zusammen.

Als ihre Eltern sich scheiden ließen, blieb sie bei ihrer Mutter und ihrer Schwester. Sie sahen den Vater jedes zweite Wochenende. Er lebte mit der jungen Frau zusammen, die sie in der Firma gesehen hatte. Ein paar Jahre später nahm eine andere Frau deren Platz ein. Ihre Mutter, die allein lebte, sagte, ihre Töchter seien ihr Leben.

Seit sie in die Hauptstadt gezogen war, war ihre Mutter ihr fremd geworden. Sie sah auch ihre Schwester nicht und hörte kaum etwas von ihr. Hin und wieder kam eine Karte aus Afrika oder Asien. Wenn ihre Schwester auf der Rückreise in der Hauptstadt haltmachte, besuchte sie sie nicht. Sie bedauerte das, fragte sich, welche Art von Leben ihre Schwester führte. Sie war drei Jahre jünger als sie, hatte sich aber immer älter gefühlt. Schon als Kind war ihre Schwester aufsässig gewesen: Sie hatte nicht studiert, hatte keinen Beruf, keinen festen Freund, und sie konnte ihren Vater nicht ausstehen. Sie hasste ihn leidenschaftlich, hörte aber nicht auf, von ihm zu reden, wenn sich die Schwestern überhaupt einmal sahen. Es gelang ihr nicht, die Streitigkeiten aus der Kindheit hinter sich zu lassen. Sie nahm es ihr auch übel, dass sie noch immer eine Beziehung zu den Eltern hatte, oder vielleicht war sie eifersüchtig? Ihre Schwester hatte nichts als Geringschätzung übrig für ihr solides Leben innerhalb des Systems, noch dazu in ihrem Alter, wie sie sagte. Sie war nicht glücklich, fand keinen Frieden mit ihrer Vergangenheit. Obwohl sie bei der Scheidung der Eltern bereits ein Teenager war. Sie hätte es verstehen können. Jahre später wollte sie es immer noch nicht wahrhaben. Es fiel ihr schwer, damit weiterzuleben. Außerdem nahm ihre Schwester es ihr übel, dass sie es besser verkraftet hatte. Zu Weihnachten gab es noch nicht einmal einen Kuss, kein Geschenk, und bald kam sie gar nicht mehr. Immer irgendwelche Beschwerden. Sie hasste Weihnachten. Sie fand, dass all das künstlich, dass nichts echt, dass die Familie, wie sie sagte, von keinerlei Bedeutung sei. Sie hätten einander unterstützen, Freundinnen sein können. Sie hatten es nie geschafft, nie vermocht, einander irgendeine Form von Zuneigung zu zeigen.

Sie drückte seinen Arm noch fester. Er spürte, wie sich ihre Hände festklammerten. Sie waren zusammen, die Polizei noch ein paar Meter entfernt … Sie mussten wirken, als würden sie sich kennen, natürlich erscheinen.

Er wusste nicht, was er zu ihr sagen sollte. Plötzlich kam die Angst, festgenommen zu werden, an die Oberfläche und ließ seine Sinne und seinen Verstand gefrieren. Sein Mund war trocken. Er fand kein Thema, es kamen keine Worte.

Der Schaffner beobachtete sie. Die beiden Polizisten wandten den Kopf in ihre Richtung.

Er sagte sich ganz ruhig, dass er verloren sei. Er hatte getan, was er konnte … Selbst schuld. Sein Herz zog sich zusammen. Dieses Mal hatten sie ihn erwischt … Er spürte seinen Herzschlag. Ich war leichtfertig. Ich dürfte nicht hier sein. Aber jetzt ist es vorbei. Er spürte sein Herz nicht mehr. Adieu. Pech gehabt.

Sie legte den Kopf schräg, um die Polizisten mit halb geschlossenen Augen zu beobachten. Auch sie hatte vermutlich Angst.

Sie machten noch ein paar Schritte.

»Ich glaube, sie haben mich gesehen«, sagte er. »Danke und …«

»Erzählen Sie mir irgendwas«, murmelte sie und schob sich vor ihn, sodass sie ihn so gut wie möglich verdeckte. »Wir müssen so tun, als würden wir uns kennen.«

»Kommen Sie aus dem Süden?«, fragte er mit hoffnungsvollem Blick.

»Ja, ich war im Urlaub.«

»Im Süden soll das Meer schöner sein.«

»Ich bin lieber auf dem Land. Am Meer sind mir zu viele Menschen.«

»Dann mögen Sie also Einsamkeit.«

»Nein, die mag ich nicht. Aber es ist nun mal so. Manchmal ist man einsam, auch wenn man nicht will.«

»Ich reise auch nicht gern allein … Aber in der Gruppe mag ich auch nicht reisen.«

Er dachte an zusammengedrängte Menschen in fensterlosen Lastern.

»Das kann ich auch nicht leiden.«

Sie dachte an organisierte Gruppenreisen in mehr oder weniger exotische Länder.

»Ich glaube, wir beide kennen uns tatsächlich«, flüsterte er plötzlich.

»Tatsächlich?«

»Ja, erinnern Sie sich an den Tag in der Kirche … Sie trugen dieses Parfum, dasselbe, das Sie heute tragen. Das war befremdlich, so ein Parfum an diesem Ort. Ich habe mich gefragt, woher der Duft kam. Ich habe mich umgedreht und Sie bemerkt. Und eben im Zug, da habe ich Sie daran wiedererkannt.«

Sie dachte einen Augenblick nach. In der Tat, seine Stimme war ihr vertraut. Den undefinierbaren Akzent, den hatte sie schon einmal gehört. Es schien ihr, als kannte sie ihn, aber sie wusste nicht, woher. Die tiefe, melodische und modulierende Stimme hatte etwas Besonderes, einen angenehmen Klang, fast singend, gleichzeitig sehr bedächtig und ruhig. Es war eine weit zurückliegende, bruchstückhafte Erinnerung, als müsste man sich anstrengen, um eine verlorene Welt wiederzufinden.

»Woher wissen Sie, dass ich das war? Es gibt viele Frauen, die dieses Parfum tragen.«

»Sie waren es, ich bin mir sicher. Und irgendwie waren Sie es auch nicht. Sie waren anders. Ihre Kleider, Ihre Haltung. Alle hatten Angst, aber Sie, Sie sind ganz ruhig geblieben. Sogar als sie kamen … Was haben Sie dort gemacht?«

»Meine Arbeit.«

»Gehören Sie zu einer Organisation oder sind Sie Journalistin?«

Sie zögerte. Jetzt zu schweigen konnte Unbehagen auslösen. Aber ihm zu sagen, wer sie war, wäre noch schlimmer.

»Ich glaube, sie kommen. Los, stellen wir uns dorthin.«

Neben ihnen war ein großer Pfeiler, hinter dem sie sich verstecken konnten.

Sie warf einen Blick auf ihre Uhr. Sie würde sich verspäten.

Auf einmal hatte er keine Lust mehr, sie zu verführen. Er betrachtete ihre Schultern, ihren Hals und ihr Gesicht nicht mehr auf dieselbe Weise wie vorher. Er sah eine andere Frau. Etwas an ihr hatte ihn durcheinandergebracht. Sie war einfach so zurückgekommen, bloß, um ihm zu helfen. Sie war nur für ihn hier. Sein Puls ging schneller, als würde ihm das Herz brechen.

Sie hatte ihm also geholfen, das war unglaublich, ihm fehlten die Worte, er konnte keinen klaren Gedanken fassen, es war das erste Mal, dass ihm so etwas passierte, eigentlich hätte doch er sie verführen sollen, und nun war er in ihren Bann gezogen, wie er es noch nie erlebt hatte. Normalerweise faszinierte er eher andere als umgekehrt, und jetzt, auf einmal, wusste er, dass er etwas von ihr lernen konnte, dass sie etwas zu offenbaren hatte, dass sie etwas wusste, das sie mit ihm teilen, ihm preisgeben wollte, und er fühlte sich ganz klein, er, der einst so viele Frauen gehabt, so vielen Gefahren getrotzt, Kälte, Hunger und endlose Finsternis erlebt hatte.

Sie standen hinter dem Pfeiler, der sie vor den Blicken der Polizei verbarg. Sie neigte den Kopf zur Seite Richtung Bahnsteigende. Die Polizisten hatten sich vor den Ausgängen postiert. Sie zögerte. Er brauchte sie. Sie wusste nicht, was sie denken sollte. Im Rahmen ihres Praktikums hatte sie Kontakt zu vielen Leuten. Zu Sachverständigen, Bürgermeistern, Verwaltungskräften, sogar Ministern, und auf der anderen Seite zu unzufriedenen Geschäftsleuten, wütenden Anwohnern, erschöpften Polizisten und Vorsitzenden von internationalen Organisationen. Mit diesen Leuten musste sie reden, ihnen erklären, dass die Akten in Bearbeitung waren. Sie lernte, sich zu schützen und Abstand zu den Menschen zu halten, denen sie begegnete.

Doch warum sollte sie ihm misstrauen? Er machte einen starken, zähen Eindruck, aber sie sah wohl, dass er blass war. Vielleicht hatte er Hunger und sie sollte ihm besser etwas Geld geben. Sie tat das nicht häufig. Es war heikel.

Sie fragte ihn, ob es ihm gut gehe.

Er sagte, alles sei in Ordnung, und bedankte sich bei ihr. Er wollte kein Mitleid, einer Frau gegenüber war er noch nie in einer solchen Lage gewesen, es war unangenehm. Womöglich würde sie ihm noch Geld anbieten.

Sie bot ihm Geld an. Sie zog zwei Scheine aus ihrem Portemonnaie. Unauffällig reichte sie sie ihm.

Er betrachtete die Scheine. Ihm war beklommen zumute. Er fühlte sich aus tiefster Seele gedemütigt, krümmte sich innerlich vor Scham. Dann spürte er, wie seine Wangen und sein ganzes Gesicht erröteten. Zum ersten Mal hatte er die Situation, die er nie wirklich akzeptiert hatte, klar vor Augen. Er lebte vorübergehend unter ärmlichen Bedingungen. Aber plötzlich war alles anders. Er war arm. Sein Elend brach über ihn herein, mit einem Schlag, ohne dass er darauf gefasst war, und er schaffte es nicht, sich darunter wieder aufzurappeln. Die monatelange Flucht, die Quälerei, der Hunger, die Kälte, die Geldsorgen, die alles zum Problem machten, alles erschien ihm jetzt klar und offensichtlich. Die ganze Situation. So viel Geld hatte er schon lange nicht mehr gesehen. Damit hätte er, ohne gefasst zu werden, ins Lager zurückgelangen und sich am Abend und in den nächsten Tagen etwas zu essen kaufen können. Essen … Es war so demütigend. Wie hatte er nur so tief sinken können? Wie erniedrigend, wie erbärmlich. Sie dachte, er wolle Geld. Er konnte kaum schlucken. Spürte, wie ein Meer aus Verzweiflung, Traurigkeit und Selbstmitleid ihn überwältigte. Die eigene Hilflosigkeit verschlug ihm den Atem. Er unterdrückte die Tränen, die ihm in die Augen stiegen. Er war lächerlich, er hatte sich für einen Prinzen gehalten, aber er war nichts als ein armer Clown. Niemals würde er sie erobern können.

Er nahm sich zusammen und richtete den Rücken wieder auf, der krumm geworden war. Er lockerte die geballten Fäuste, stand ganz aufrecht da und schaute ihr in die Augen, und auf diese Weise gelang es ihm, sein Geheimnis zu verbannen, seine verletzte Seele.

Er wollte alles von ihr, nur keine Freundlichkeit. Leute, die zu freundlich sind, sind beunruhigend. Nicht ihre Großzügigkeit an sich ist unangenehm, auch nicht der gute Wille oder die meist damit verbundene übereifrige Selbstlosigkeit, sondern die Art und Weise, wie sie sich dem Guten zuwenden. Einen Augenblick lang hasste er sie leidenschaftlich, diese Güte, sein tiefes Schamgefühl ließ ihn diejenige, die ihm eben Mitgefühl gezeigt hatte, hassen, so wie er noch nie jemanden gehasst hatte. Dieser Hass, das war sein wiedererwachter Stolz.

Sie schloss die Hand ganz schnell wieder. Steckte das Geld zurück in ihr Portemonnaie und war ihrerseits beschämt. Sie hatte ihn verletzt. Sie war schrecklich gekränkt deswegen. Er war überempfindlich, stolz und eitel. Dann eben nicht. Vielleicht traute er ihr nicht. Vielleicht hatte sie übertrieben. Auch sie misstraute Gutmütigkeit schon im Ansatz.

Dennoch, sie mochte andere Menschen. Sie konnte es nicht ausstehen, mit sich selbst konfrontiert zu sein. Nein, sie hatte die Ferien allein auf dem Land nicht genossen. Sie war mutlos, sie musste nachdenken, über sich, ihr Leben und ihre Entscheidungen, aber sie war zu keinem Schluss gekommen. Da sie sich mehr am Äußeren orientierte als an sich selbst, beschäftigte sie sich nicht mit ihren Sehnsüchten. Sie mochte ihre geheimen Wünsche nicht erforschen, dafür war sie zu rational. Sie war streng und mit lauter Verboten erzogen worden. Manchmal hätte sie sich gern einfach ihren Gefühlen überlassen, sich Zeit genommen fürs Träumen … Während des Politikstudiums hatte man ihr beigebracht, in drei Schritten zu denken: These, Antithese, Synthese. Sie hatte gelernt, das Leben auf diese Weise zu betrachten.

Sie schaute ihn ratlos an. Wieder begann sie zu zweifeln. Was wollte er, wenn nicht ihre Hilfe und ihr Geld?

Das Ganze gefiel ihr nicht. Sie hatte ihn falsch eingeschätzt. These: Er wollte sie verführen. Antithese: Er brauchte sie, um vom Bahnsteig zu gelangen. Synthese?

Er wirkte brutal und zuvorkommend zugleich. Hatte etwas Ergreifendes und Starkes … These: Seine tiefen, traurigen Augen, seine Selbstsicherheit, die Art, wie er sich gab, der muskulöse Körper, den er geschickt bewegte. Antithese: Die Narbe im Mundwinkel, die Traurigkeit in den Augen. Synthese und neues Problem: Sein Mundwinkel, warum hatte sie ihn bemerkt, obwohl sie solchen Kleinigkeiten doch eigentlich keinerlei Aufmerksamkeit schenkte?

Sie musste sich an den Moment erinnern, als sie ihn gesehen hatte. Sie musste sich anstrengen, um ihn in einem Winkel ihrer Erinnerung wiederzufinden, wo er abgespeichert war. Bedeutungslos? Oder von zu großer Bedeutung?

Nach der Schließung des Lagers hatten sich die sogenannten Migranten in die Kirche geflüchtet. Der Präfekt hatte alles versucht, um die Kirche räumen zu lassen. Ihre Aufgabe war es, ihn zu unterstützen. Das war kein Problem für sie gewesen, sie wollte ihm gefallen und eine gute Note für ihr Praktikum bekommen. Davon hing ihr Abschluss ab und ihr Platz auf der Rangliste, ihr großes Ziel. Der Präfekt hatte erklärt, die Ausländer seien bei sich zu Hause besser aufgehoben als in diesem Land, wo sie nie irgendetwas besitzen würden. Der Minister hatte bei der Schließung des Lagers erklärt, die Staatengemeinschaft wolle damit ein Signal an die Welt senden. Selbstverständlich, sagte er, sei es nicht möglich, eine Mauer zu bauen, die in diesem Fall wirkungslos gewesen wäre, aber er plane die Einrichtung einer »Vollzugsbehörde der Staatengemeinschaft«, um der Einwanderung aus dem Osten ebenso wie aus dem Süden Einhalt zu gebieten. Ihm zufolge war die Gemeinschaft das Machtinstrument, um gegen die Einwanderung zu kämpfen. Dafür dürfe sie nicht länger »durchlässig wie ein Sieb« sein.

Damals hatte es eine ganze Reihe von Verordnungen gegeben. Die Polizeibehörden vor Ort hatten die Anweisung, Flüchtlinge nicht ins Land zu lassen und auch zu verhindern, dass sie es wieder verließen, nachts, wenn man sie gerade festnehmen wollte. Manchmal überquerten hundert oder zweihundert die Autobahn, sprangen in Lastwagen und Züge. Es mussten ganze Trupps geschickt werden, um sie zu überwachen. Dann waren Bunker zugemauert und Schutzunterkünfte geschlossen worden und schließlich das Lager. Diejenigen, die sich darauf eingelassen hatten, Asyl zu beantragen, waren in Aufnahmelager außerhalb der Region gebracht worden oder in Notunterkünfte, wo sie fünf Tage Zeit hatten, um ihren Antrag einzureichen; im Fall einer Ablehnung wurden sie zur Grenze zurückgebracht. Die anderen irrten auf der Suche nach einer vorübergehenden Bleibe auf der Straße herum …

Einschüchterungen, Verhaftungen, Aufforderungen, das Land zu verlassen, oder Abschiebungen, prügelnde Polizisten am Hafen, ja, das hatte sie alles miterlebt … Und mehr noch.

Die Kirche … Natürlich, die Kirche. Nach der Schließung des Lagers hatten manche dort Unterschlupf gesucht, schwer zu vergessen. Dennoch wollte sie sich lieber an nichts erinnern, das war bequemer. Manchmal ist es besser zu vergessen, um weiterzuleben. Selbst in ihrem Bericht an den Präfekten war sie vergesslich gewesen, das war notwendig und ihre Aufgabe. Sie hatte das, was sie gesehen hatte, nicht erwähnt. Alles war so schnell gegangen, es war besser, nichts zu sagen, nichts zu tun und das Ereignis aus ihrem Gedächtnis zu löschen ebenso wie vom Papier. Tabula rasa zu machen.

Sie schaute ihn an. Plötzlich war sie verwirrt. Sie fragte sich, ob ihr die Arbeit gefallen hatte, auch wenn sie nur eine Befehlsempfängerin war. Sie hatte sich, besessen von dem Ziel, das sie erreichen wollte, nie die Frage gestellt, und trotzdem wusste sie es, ja, sie wusste, dass sie an dem Tag lieber nicht in der Kirche gewesen wäre.

Sie schaute ihn an, den Fremden, der vor ihr stand.

Er wusste es nicht. Er hatte nicht begriffen, welche Funktion sie ausübte. Einsatzleiterin der Präfektur …

Der fragliche Einsatz betraf die Angelegenheiten rund um die Migranten, das Lager, die Kirche, die Stadt und die Region sollten geräumt, das Problem mit den Ausländern gelöst werden.

Sie holte eine Schachtel Zigaretten heraus. Bot ihm eine an, die er nahm. Zündete ihre an, bevor sie ihm das Feuerzeug reichte, dann besann sie sich und gab ihm Feuer. Er nickte.

»Danke.«

Die Flamme flackerte in seinen riesigen Augen auf, ein schwaches Licht.

Es brauchte nicht viel, damit er neue Hoffnung schöpfte, damit er ihr ihre Gutherzigkeit verzieh, damit er sie wieder kennenlernen, ihr zuhören und sie verführen wollte.

Sie errötete, als sie sah, dass sich sein Gesicht endlich aufhellte, nachdem es sich derart verdüstert hatte. These: Manipulativ, verführerisch. Antithese: Sensibel. Hypersensibel. Synthese: Möglicherweise sollte sie sich weniger impulsiv verhalten.

»Hatten Sie eine weite Reise?«, fragte sie ihn.

Er war verlegen. Was sollte er über sein von Unruhen gebeuteltes Land sagen? Er hatte sein Studium beinahe beendet, aber was sollte er über sich sagen, er war ja nicht mehr er selbst. Was sagen, er konnte sich ja nicht mehr vormachen, Geld zu haben und dass alles gut würde, dass er unterwegs sei und eines Tages drüben ankommen würde. Was sagen über seine Heimat, die er für immer verlassen hatte und die nicht mehr seine Heimat war.

»Ja, weit. Ich bin durch viele Länder gekommen. Ich bin so viel gereist, dass ich schon fast vergessen habe, wo ich schon überall war. Ich habe viele Sprachen gehört. Manche kannte ich, andere nicht.«

Er hätte ihr gerne erklärt, warum er Sprachen liebte. Er mochte ihre Musikalität, den besonderen Takt, war fasziniert von den Wörtern, die er sammelte. Jeder neue Ausdruck war ein Fest für ihn, jede Sprache hatte ihren Klang, ihren eigenen Rhythmus. Manche sangen, andere tanzten, wirbelten herum, walzten im Dreivierteltakt, wieder andere bellten, rülpsten oder brüllten, manche klagten und andere deklamierten; manche waren langsam, andere sehr schnell und ungeduldig. Manche basierten auf Legato und andere auf Staccato. Die Menschen waren vergleichbar, aber ihre Sprachen waren unterschiedlich. Vielleicht rührte das Problem daher.

Aber er sagte nichts. Wenn sich in seinem Land zwei Personen nicht miteinander unterhielten, war das ein Zeichen guten Einvernehmens, und man traf sich durchaus mit Freunden, nicht um miteinander zu reden, sondern um miteinander zu schweigen. Hier sah er nie Leute, die sich trafen, um zu schweigen.

Sie standen zusammen, schauten sich an und trauten sich nicht recht, den nächsten Schritt zu tun. Gefangen auf einem Bahnsteig, auf dem die Reisenden nach und nach weniger wurden. Die schwindende Menge entblößte sie beide allmählich. Bald würden sie ohne Schutz dastehen, nackt.

»Wohin gehen Sie?«, fragte sie ihn.

»Nach drüben«, antwortete er mit glänzenden Augen. »Ich habe heute Abend eine Verabredung, um Mitternacht. Ich darf nicht zu spät kommen, sie warten nicht auf mich.«

»Ist es das erste Mal?«

»Nein, ich habe es schon mal versucht. Mehrmals. Aber das hat nicht geklappt. Es ist zu riskant ohne Schlepper. Dieses Mal ist es anders. Alles ist organisiert. Es gibt Papiere und alles, was nötig ist, damit es klappt. Es ist das erste Mal, dass es ernst ist …«

»Mitternacht«, murmelte sie. »Wir müssen die Zeit im Blick behalten. Damit Sie nicht zu spät kommen … Warten Sie schon lange?«

»Sechs Wochen. Lange …«

Nach kurzem Schweigen sagte er: »Ich habe im Zug gesehen, dass Sie ein juristisches Buch lesen …«

»Das ist für die Hochschule, ich muss lauter Fachwissen wiederholen.«

»Was lernen Sie?«

Gute Frage … Sie lernte alles. Alles und nichts. Allgemeinbildung, Staatsfinanzen, Wirtschaft, Recht …

»Ich lerne, wie man regiert …«

»Sie mögen es nicht, stimmt's?«

»Wie kommen Sie darauf?«

»Ich habe Sie während der Fahrt beobachtet. Sie machten den Eindruck, als würden Sie sich langweilen.«

»Ach, finden Sie? Ja, im Grunde langweilt es mich. Ich mag es nicht, nein … Trotzdem wird es eines Tages mein Beruf sein. Seltsam, oder?«

»Nein. Man weiß ja nicht immer, was man mag. Manchmal wird man sich zu spät darüber klar. Aber für Sie ist es nicht zu spät.«

»Woher wollen Sie das denn wissen?«

»Die Grenzen sind Ihre eigenen Grenzen. Nicht die, die das Leben Ihnen steckt. Sie können alles machen, was Sie wollen, wenn Sie sich dafür entscheiden. Sie sind eine freie Frau in einem freien Land.«

Wieder Schweigen.

»Was haben Sie in Ihrem Land gemacht?«

»Ich habe Sprachen studiert. Französisch gelernt.«

»Sie sprechen gut.«

»Es ist eine schöne Sprache. Ich liebe französische Gedichte. Und Sie?«

»Ich lese keine Gedichte mehr. Poesie, das ist zu nichts nütze.«

Sie dachte an ihre Handbücher zu Finanzwesen und Recht, in denen sie unablässig las, aus denen sie lernte und die sie mit Anmerkungen versah. Alles musste immer irgendetwas nützen, seit sie die Hochschule besuchte. Nichts geschah unabsichtlich. Wie lange hatte sie schon kein Gedicht mehr gelesen … Poesie war für sie mit Liebe verbunden. Wie lange war sie schon nicht mehr verliebt?

»Heute ist meine Sprache meine Heimat. Ich werde nie wieder nach Hause zurückkehren.«

»Bedauern Sie das?«

Er warf den Zigarettenstummel weg und trat ihn aus.

»Sehen Sie den Schnürsenkel?«, sagte er und zeigte auf seine Schuhe. »In meiner Heimat hängen die Leute sich damit auf.«

Ihr Telefon klingelte. Sie sah auf ihre Uhr und nahm das Handy nervös aus der Tasche.

»Was machst du? Wo bist du? Weißt du, wie spät es ist? Ich warte seit einer Ewigkeit auf dich. Wir hatten doch vereinbart, dass du dich in den ersten Wagen setzt, damit du schneller rauskommst. Ich habe keine Zeit, das weißt du doch. Du bist wahnsinnig spät dran. Hast du eigentlich daran gedacht, dass ich auf dich warte?«

Am Ende des Bahnsteigs war jemand, um sie abzuholen.

Sie würden ihn verlassen, hier stehen lassen. Ganz sicher. Von einem Augenblick auf den nächsten. Darum sah sie auf die Uhr.

Was sollte er tun? Was konnte er tun? War sie glücklich mit ihrem Lebensgefährten, ihrem Freund, ihrem Ehemann, diesem Mann, der sie anrief? Und wenn ja, warum blieb sie dann hier bei ihm und nahm Vorwürfe in Kauf, weil sie noch auf dem Bahnsteig war und sich verspätete? Er würde wütend werden. Vielleicht machte er ihr sogar eine Szene.

Eine weiße Uhr mit blauem Zifferblatt, ein so kleines Ding, aber welche Kraft, welch sagenhafte Macht! Er, der weder Uhr noch Zeit noch Termine hatte, der aufstand, wenn der Tag anbrach, und schlafen ging, wenn es Nacht wurde, der das Gefühl für Sekunden, Minuten und Stunden verloren hatte, betrachtete dieses Ding auf einmal mit einer Art Entsetzen. Sie war ein übermächtiger Gegner, diese unheilvolle, teuflische, magische Uhr, die über sein Schicksal, über sein Leben entschied. Er war allein. Er konnte nichts tun, er, der der Nacht und den Polizisten die Stirn geboten, der Menschen, Kälte, Hunger, Krankheit, Fieber und Schmerz getrotzt hatte, er stand diesem übermächtigen Feind vollkommen hilflos gegenüber. Er konnte reden, wie er wollte, sie würde gewinnen. Er konnte tun, was er wollte, sie würde immer da sein und ihren unabwendbaren Gang fortsetzen, ihr rundes Versprechen um das immer gleiche Zifferblatt. Er konnte noch so schreien, sie würde es nicht hören. Sie war unerschütterlich. Sie war unbesiegbar.

Er begriff es nicht, diese Gegenüberstellung mit dem unerbittlichen Feind machte ihm Angst.

Aber er hatte beschlossen, sich dem zu stellen. Selbst wenn eine Uhr ihr Leben bestimmte, vielleicht bestimmte sie ja nicht ihr Herz.

Ihre Augen funkelten unter den widerspenstigen Strähnen. Er musste jeden Moment nutzen. Den Zeitraum füllen, den die Uhr freigab. Alles ginge ganz schnell. Sie rasch kennenlernen. Sie zum Reden bringen, das heißt alles sagen, um alles zu leben und damit die Zeit zu dehnen, statt in Panik zu verfallen, weil man sieht, wie sie verfliegt. Leben: reden und handeln. Die

Hoffnung verlieren, immer wieder, und dennoch leben. Nur im Augenblick. Sich entspannen. Er hatte alle Zeit. Er hatte Zeit bis Mitternacht.

Noch einmal schaute sie auf ihre Uhr. Er wartete auf sie und verlor die Geduld. Wenn sie so spät käme, würde er ihr eine Szene machen. Erklärungen fordern. Bei ihm war immer alles durchorganisiert. Er hatte nie Zeit für sie. Sie hatte darauf beharren müssen, dass er sie abholen kam. Er hatte gesagt, das sei unnütz, das koste ihn Stunden, während sie doch einfach nur die Metro oder ein Taxi nehmen müsse. Aber sie mochte es, wenn er da war für sie. Es war ihre spezielle Art, ihm zu zeigen, dass sie wichtig war. Er verabscheute es, Zeit zu verlieren, und vor allem hasste er es zu warten. Er hatte sie gebeten, sich zu beeilen … Sie war sich sicher, er würde nicht warten, wenn sie zu spät käme. Und wenn sie ihn nun auf die Probe stellte? So könnte sie herausfinden, ob er sie wirklich liebte. Sie könnte begreifen … Wenn er auf sie wartete, liebte er sie. Wenn er nicht auf sie wartete, gab es ein Problem.

Der Gedanke gefiel ihr, sie sagte sich, das sei genau richtig, es gebe Zeichen, die man erkennen und deuten können musste. Alles hatte einen Sinn. Wenn er nicht wartete, war seine Liebe vorgetäuscht, sein Interesse an ihr, wie so vieles andere, nur gespielt. Wenn er nicht in der Lage war, ihr seine Zeit zu schenken, ihr dieses Opfer zu bringen …

Bei dem Gedanken fuhr sie zusammen. Es war offensichtlich. Da waren die Abende, an denen sie sich eigentlich sehen wollten. Er sagte ab. Da waren die Ferien, die sie eigentlich gemeinsam verbringen wollten. Er hatte zu viel Arbeit.

Sie hatte ihn bei einem Umtrunk des Ministeriums kennengelernt. Er war schön, gut gekleidet, verführerisch, er hatte Erfolg bei Frauen, war witzig, hatte ihr von seinem Leben erzählt, von seinen Plänen und seinem Beruf. Nach dem Politikstudium hatte er die Verwaltungshochschule besucht, nach der Hochschule war er in den Conseil d'État berufen worden. Für sie, die noch an der Hochschule war, war der Staatsrat ein Wunschtraum, das höchste und unerreichbare Ziel. Sie hatten über die Dozenten gesprochen, den Unterricht, die Praktika und die Rangliste, er hatte ihr Ratschläge gegeben. Ratschläge, um in den Rat zu kommen. Nachdem sie das erste Auswahlverfahren durchlaufen hatte, fing alles wieder von vorne an, denn man musste am Ende gut abschneiden, um in die Staatsorgane zu gelangen, in den Staatsrat, die Finanzaufsichtsbehörde oder den Rechnungshof, alles andere zählte bekanntermaßen nichts. Und danach?, fragte sie. Danach, danach hat man tatsächlich alle Zeit der Welt, man macht gar nichts. Danach geht man in die Politik.

Sie erzählte ihm von den Leuten aus ihrem Jahrgang, mit denen sie sich nicht besonders gut verstand, dass sie schon ungeduldig auf den Abschluss wartete, um ins Berufsleben zu starten, in ihr nächstes Wahlpraktikum. Er sagte ihr, er sei gerade zum persönlichen Referenten des Ministers ernannt worden. Das sei eine gute Möglichkeit. Er half gewissen Politikern bei ihren Kampagnen, er versuchte, in einer Region des Landes

Fuß zu fassen, man hatte ihm eine Hochburg zugeteilt, bald hätte er einen festen Platz in der Partei inne, und wer weiß, vielleicht wäre er eines Tages Anwärter auf einen Ministerposten.

Sie dachte an den Abend zurück, an dem sie sich kennengelernt hatten. Sie hatten den Empfang im Ministerium gemeinsam verlassen, und er hatte sie zum Essen eingeladen. In ein sehr gutes Restaurant. Sie nahm eine feine Hummersuppe und Thunfisch-Tartar. Er wählte Foie gras und ein Rumpsteak, englisch. Er studierte die Weinkarte und überlegte länger, es gab einen hervorragenden Bordeaux. Schließlich fiel seine Wahl auf einen Burgunder. Der passte besser zum Rindfleisch. Er war aufmerksam, freundlich und sympathisch, es war nett, sich mit ihm zu unterhalten, und das Gespräch geriet nicht ins Stocken, er konnte gut an vorherige Gedanken anknüpfen, interessante Fragen stellen und sagen: Einen Kaffee noch?, als er gehen wollte. Sie schaute ihn gern an, wie er sich bewegte, wie er aß, den Wein im Glas schwenkte, bevor er daran roch und ihn probierte und diskret dem Oberkellner zunickte. Sie mochte sein äußeres Erscheinungsbild, die kurzsichtigen Augen, die zu stark in Anspruch genommen waren, die glatten, eleganten Hände, die nie zum Einsatz kamen, seinen stilvollen Gang, den tadellosen Schnitt seiner Kleidung.

Er brachte sie nach Hause und fragte, ob sie mit jemandem zusammen sei, sie verneinte und küsste ihn, ein paar Tage später sahen sie sich wieder, verbrachten die Nacht zusammen, er sagte ihr, dass er verheiratet sei, und sie antwortete ihm, dass sie ihn nicht mehr treffen würde. Er rief sie immer wieder an, sie blieb standhaft. Mehrere Monate lang sahen sie sich nicht mehr. Dann, eines Tages, rief er sie an und teilte ihr mit, dass er sich von seiner Frau getrennt habe und sie gern wiedersehen würde.

Sie verstanden sich gut, genossen es, zusammen zu sein, sich im selben Moment anzurufen, sie offenbarten sich einander, zeigten sich von ihrer besten Seite, und sie sagte sich, sie hätten eine echte Beziehung. Er brachte ihr Ruhe und Ausgeglichenheit, ihr, die sich so oft in komplizierte Geschichten verstrickte, die ihr nicht gefielen. Sie sehnte sich nach dieser Ruhe und wartete auf seine Frage, ob sie mit ihm zusammenbleiben wolle; sie wünschte sich, übers Wochenende mit ihm wegzufahren, aber er hatte einen äußerst straffen Zeitplan, volle Tage, Verabredungen zum Mittag- und zum Abendessen zwischen seiner Arbeit im Ministerium und den Reisen in die Provinz, wo er versuchte, Fuß zu fassen, um die nächsten Wahlen zu gewinnen. Selbst seine Sonntage waren der Arbeit gewidmet, denn sonntags war Markttag.

Nach ein paar Monaten wurde es komplizierter. Er hatte keine Zeit, er nahm sich nicht frei. Keinerlei Pause. Er sagte, er hasse Ferien, er sehe keinen Sinn darin, er wisse nie, was er tun oder wohin er fahren solle. Er langweile sich in den Ferien. Letztlich fürchtete er die Momente, in denen man mit sich selbst konfrontiert ist, mit dem anderen und mit der Zeit, die den Zusammenhang verliert. Selbst unter der Woche bemühte er sich, die Abende mit Einladungen und Essensverabredungen zu verplanen, immer umringt von Menschen und immer aktiv. Er strotzte vor Tatkraft, er schlief wenig, er war umgezogen, aber seine Wohnung blieb leer, sein Kühlschrank offen, weil er nicht angeschlossen war, seine Post ungeöffnet. Er liebte sie – schließlich hatte er seine Frau für sie verlassen, oder? –, aber liebte er sie genauso wie die Macht?

Sie dachte an den Abend im Ministerium zurück, als ein Empfang für einen ausländischen Staatschef gegeben wurde. Er hatte mit allen möglichen Leuten gesprochen, wichtigen Persönlichkeiten aus der Staatengemeinschaft, Ministern und Anwärtern auf Ministerposten, ohne sie selbst auch nur eines Blickes zu würdigen. Später, als sie wieder zu Hause waren, machte er sie darauf aufmerksam, dass sie sich mehr unter Leute mischen müsse, wenn sie weiter in der Politik bleiben, wenn sie Karriere machen wolle und selbst, um ihr Praktikum erfolgreich abzuschließen und eine gute Note zu bekommen. Sie müsse sich liebenswürdiger zeigen. Liebenswürdig, das heißt würdig, geliebt zu werden …

Sie stammte aus einer Kleinstadt, in der Heuchelei dazugehörte. Darum reagierte sie noch immer empfindlich auf Verlogenheit, Intrigen und vorgetäuschte Weltgewandtheit. Sie war aufrichtig, direkt, unfähig zu lügen, sie hielt Wort, Termine ein und sich zurück, und momentan, das stimmte, war sie unfähig, liebenswürdig zu sein, wenn sie keine Lust dazu hatte. Sie war kategorisch und konnte in bestimmten Situationen sogar Missfallen erregen und unsympathisch wirken.

Er hingegen bezog sie ein, kultivierte sie, zivilisierte sie, brachte ihr bei, wie man sich in der Hauptstadt benahm. Sie war stolz an seiner Seite, in der Öffentlichkeit, wurde geselliger, besserte sich, lernte zu lächeln, wenn es angezeigt war, zu lachen, zu reden und zu schweigen. Sie fühlte sich durch die Beziehung aufgewertet. Er konnte auf die Unterstützung einiger Leute zählen, besaß aber nur wenige Freunde. Aus seiner Zeit an der Hochschule pflegte er noch ein paar Kontakte, wie er es nannte, aber keine Freundschaften mit seinen Jahrgangsgenossen, die auf der Rangliste zu Rivalen wurden, was das Verhältnis verdarb. Sie waren liebenswürdig, eben, gaben sich Ratschläge, halfen einander, aber tatsächlich waren sie alle allein. Um der Beste zu sein, um seine Ziele zu erreichen, musste man Freunde und Bekannte manipulieren. Freundschaft und Aufrichtigkeit waren in diesem Zusammenhang keinesfalls empfehlenswert, ja sogar schädlich. Er war seither sehr misstrauisch seinem Umfeld gegenüber, das sich auf ein, zwei Personen zurechtgestutzt hatte, mit denen er hin und wieder zu Abend aß und die er gleichzeitig schlechtredete, weil er sie nicht mochte. Letztlich hatte er keine Freunde, lediglich Beziehungen, die er spielen lassen konnte, wie er gern sagte.

Seit sie mit ihm zusammen war, hatte sie sich in dieselbe Richtung entwickelt, traf sich seltener mit ihren Freunden, die ihrem neuen Leben nichts abgewinnen konnten, und umgekehrt war es genauso. Sie wohnte nach wie vor allein, meinte, es sei im Augenblick besser, für sich zu sein, selbst wenn sie Angst vor dem Alleinsein hatte, und malte sich gern aus, dass die Dinge sich eines Tages entwickeln könnten. Allerdings stellte sie fest, dass das Leben verflog zwischen allem, was ständig anstand, den Abendgesellschaften, den politischen Veranstaltungen, ohne dass sich wirklich irgendetwas änderte oder sich entwickelte.

Sie befanden sich mitten in einem Wirbelsturm, in einem Wettrennen, und momentan gaben sie sich damit zufrieden. Zu Recht. Vielleicht sollte sie ihn doch nicht zu lange warten lassen.

»Gehen Sie wieder in den Norden zurück wegen Ihrer Arbeit?«, fragte er sie.

»Nein. Ich habe ein Praktikum gemacht … Das ist jetzt zu Ende.«

»Ein Praktikum für Ihre Arbeit?«

»Ein Praktikum in der Präfektur.«

Noch ein wenig mehr Mut. Sie musste es ihm sagen.

»Meine Aufgabe …«, begann sie zögernd, »war es, mich um das Problem mit den Migranten zu kümmern. Darum war ich in der Kirche.«

Es folgte das lange Schweigen, vor dem sie sich fürchtete.

»Ich verstehe«, sagte er schließlich mit belegter Stimme. »Sie gehörten zu denen, nicht wahr?«

»Ja, zu denen.«

»Hatten Sie deshalb keine Angst?«

»Wahrscheinlich.«

»Sie erinnern sich jetzt also wieder?«

»Ich erinnere mich.«

»Ich war mit jemandem zusammen dort. Jemandem, der mir ähnlich sah.«

»Wer war das?«

»Mein Bruder«, sagte er.

Schweigen.

»Und Sie, was denken Sie über das, was passiert ist?«

»Nichts, ich denke nichts darüber. Man lernt viele Dinge an der Hochschule. Vor allem, sich keine Gedanken zu machen.«

»Und warum haben Sie mir dann eben geholfen?«

»Ich weiß nicht. Ich habe mir gesagt, dass Sie sonst festgenommen werden. Das wollte ich nicht.«

»Warum?«

»Ich weiß nicht, Sie haben mir geholfen, meinen Koffer zu tragen, und ...«

Das Handy klingelte erneut. Ohne das Gespräch anzunehmen, sah sie auf die Uhr. Er war noch immer da. Jetzt musste sie los. Er war noch nicht weg, er wartete auf sie, also liebte er sie ... Sie musste jetzt gehen, dem Fremden Auf Wiedersehen sagen.

»Sie sollten hier warten, bis die Polizei weg ist ... Ich muss jetzt los. Ich wünsche Ihnen viel Glück ...«

Sie zögerte. Sie wusste nicht, wie er hieß.

Er wollte nicht sagen, wie er hieß. Wozu ein Name? Der diente immer nur dazu, einzuordnen, gezählt zu werden, aufzufallen, um nicht mit anderen verwechselt zu werden, sich abzugrenzen, festzulegen, ein für alle Mal. Er wollte ihren Namen nicht wissen, denn ein Name hätte sie festgelegt, vergleichbar gemacht.

Wieder schaute sie auf die Uhr. Wie eben schon. Es war noch immer genauso spät, zumindest fast.

Sie konnte es kaum erwarten, ihn wiederzusehen. War angespannt. Sie hatte viel an ihn gedacht in diesen vierzehn Tagen. Wollte mit ihm zusammenleben. Sie waren ein gutes Team. Sie sagte sich, dass sie sich einen Heiratsantrag von ihm wünschte. Sie sehnte sich nach seinen Armen. Hatte Lust auf seine Zärtlichkeit. Lust, ihm zuzuhören und ihm etwas zu erzählen. Sie sah ihm gern dabei zu, wie er sich bewegte, wie er aß. Sie wachte gern morgens neben ihm auf.

Kurzum, sie würde zu ihm gehen, und alles würde selbstverständlich werden. Das war nicht der Ruf der Uhr. Es war noch immer genauso spät. Es war der Ruf des Herzens.

Für ihn hatte sie sich nachgeschminkt im Zug. Sie hatte sich ihren Knoten neu zurechtgesteckt. Er mochte sie lieber mit hochgesteckten Haaren. Sie hatte sich für ihre hochhackigen Schuhe entschieden, die, die er ihr geschenkt hatte. Sie hatte ihr weißes Leinenkleid angezogen. Das gefiel ihm.

Nein, sie wollte den Namen des Fremden nicht wissen.

Es wurde dunkel auf dem Bahnsteig. Die Umrisse der Stadt bogen sich im dämmrigen Dunst. Der Wind frischte auf, ein sanfter Wind ohne Richtung, der das Licht aus den Gesichtern fegte. Rosa und Grau lagen über der Erde.

Eine Sekunde lang ließ er sich gehen. Er versank in Heimweh, diesem erhebenden und zugleich tödlichen Gefühl.

Er sah die Absperrgitter um sich herum, die den Weg nach links und rechts versperrten. Er dachte an das Lager ... umgeben von Gittern, mit dem eingezäunten Eingang. Er fühlte sich wieder als Gefangener in diesem Lager, wo er gelebt hatte und von dem aus er das Meer in der Ferne sah, den hellen Sand der Strände im Norden, die Dünen, die Häuserreihen, die vom Wind bewegten Felder, so weit das Auge reichte, und die Schiffe auf dem Weg in Richtung Freiheit. Der ultimative Horizont für alle, die hier und geflüchtet waren. Den ganzen Tag lang taten sie nichts anderes, als durch das Lager zu streifen, umgeben von Polizisten und Zollbeamten, denn sie waren nur vorübergehend hier. In diesem eingezäunten Bereich kam und ging er wie ein Gespenst, verschwand und kam zurück, immer in Sorge, festgesetzt, verhaftet zu werden, für eine Nacht oder das ganze Leben, obwohl er doch nur irgendwohin ging, egal wohin, und sei es nur, um wieder zurückzukehren, den ruhelosen Zustand in die Länge zu ziehen, um nirgendwohin zu gehen, denn er war da und war es zugleich nicht, wie ein Brief, der nicht zugestellt werden kann.

Er erinnerte sich an den Moment, als er ankam, nach seiner langen Reise. Vor dem Tor stand sein Bruder.

Er schaute aufs Meer, während seine Wäsche trocknete. Er kam zu ihm herüber und traute seinen Augen nicht: Er hatte noch nicht einmal gewusst, dass sein Bruder weggegangen war.

Wortlos nahm er ihn in den Arm. Worte sind schwach im Gegensatz zu dem, was Augen und Gesten ausdrücken können.

Er drehte eine Zigarette, die sie zusammen rauchten, mit Blick aufs Meer.

Dann lernte er das Lager kennen, den Hangar, der nach Chlor roch, weil alles ständig gereinigt und desinfiziert werden musste, damit bei Ankunft und Abfahrt alles sauber war, alles immer tadellos, ohne Krankheit, ohne Ansteckung, ohne Dreck von anderswoher, und dazu dieser Lärm, der ständig da war wie ein Tinnitus aus Stimmengewirr und widerhallenden Schritten auf dem Betonboden ...

Am nächsten Tag beschlossen sie, zusammen wegzugehen, sie machten sich in dunklen Hosen und Pullovern in der Dunkelheit mit ein paar anderen auf den Weg, legten die nötigen Kilometer zurück, um zu fliehen. Sie nahmen dieselbe Route wie die anderen. Überquerten die kleine Brücke. Liefen querfeldein bis zur Autobahn. Stiegen über die Leitplanken. Im Straßenlaternenlicht zeichneten sich ihre Schatten auf dem Asphalt ab, vor den Augen der Autofahrer, die erstaunt waren, im grellen Licht Menschen anstelle von Autos zu sehen.

Sie liefen mehrere Kilometer über Felder den Stacheldrahtzaun entlang, auf der Suche nach dem Loch, der Schwachstelle, durch die man auf das Gelände gelangte. Aber die Suchscheinwerfer streiften unablässig über das flache Land.

Hartnäckig folgten sie den Gleisen. Vorbei an Bahnsteigen hinter Stacheldrahtzäunen und Schutzgittern und Toren zu Verladerampen. Sie hatten Werkzeug dabei. Sie zerschnitten die Gitter, und mit ein paar Decken aus dem Lager gelang es ihnen, die Stacheldrahtrollen zu überwinden.

Dann lief die Gruppe weiter bis zu einer Verladerampe. Dort trafen sie ein paar Männer, die es wie sie auf den Bahnsteig geschafft hatten. Plötzlich tauchten weitere Männer aus der Nacht auf und schrien und gestikulierten, um die Aufmerksamkeit der Polizei auf sich zu ziehen. Sofort waren die Polizisten da und verhafteten sie. Sie ließen sich festnehmen, ohne Widerstand zu leisten. Sie lenkten vom Geschehen ab. Die anderen verschwanden und versteckten sich.

Bei der Einfahrt in eine große Kurve bremsten die Züge. Dort musste man aufspringen. Aber in dieser Nacht war es ein Zug mit Stromabnehmern. Er gab seinem Bruder ein Zeichen. Er würde trotzdem von der Zufahrtsrampe auf den Shuttle springen. Wäre er allein gewesen, dann hätte er es getan, ganz sicher. Er war so viel herumgekommen in den vergangenen Monaten, dass es ihm egal war, was der letzte Sprung ihn kosten würde, auch wenn es das Leben war. Er hatte Angst. Aber er hätte es getan. In dem Moment, als er sich ins Leere stürzen wollte, packte sein Bruder ihn an der Schulter und hielt ihn zurück. Er wollte sich aus seinem eisernen Griff befreien. Es war ein gefährlicher Kampf, den er schließlich aufgab. Mitten in der Nacht kehrten sie ins Lager zurück.

Am nächsten Tag aßen und schliefen sie in dem riesigen Hangar. Dann gingen sie Kleider holen, eine neue Lieferung war eingetroffen. In einer unendlich langen Schlange standen tausend Menschen eng aneinandergepresst, und noch immer der Gestank nach Chlor und der ohrenbetäubende Lärm. Da erfuhren sie, was sich in der Nacht zuvor ereignet hatte. Alle, die aufgesprungen waren, waren tot. Sie waren an die Oberleitungen gekommen.

Kalter Schweiß lief ihm den Rücken hinunter. Er schaute seinen Bruder an. Bedankte sich nicht bei ihm. Lächelte ihn an, um ihm zu zeigen, dass er froh war, am Leben zu sein. Er schaute ihn an ohne ein Wort, mitten in all dem Gerede, dem Schweigen und den Schritten, selig-benommen wie jemand, den der Tod gestreift hat, staunend darüber, noch da zu sein und dass es ein Morgen für ihn geben würde. Das schlichte Glück, am Leben zu sein, auf der Welt, einen Sonnenstrahl auf dem Meer zu sehen, einen frischen Wind, ein Glas Wasser, ein Lächeln auf einem Gesicht, ein Gesicht.

Er versprach ihm, dass sie drüben eines Tages ganz bestimmt frei sein würden.

Ein Kind lief den Bahnsteig entlang. Es weinte. Ein Junge mit braunen Locken, großen blauen Augen und Pausbäckchen. Er zog beim Gehen eine Tasche hinter sich her, in der Spielzeugpfeil und -bogen steckten.

Mit seinem runden, verständigen Gesicht und seinen großen Augen schaute er in alle Richtungen. Er lief ganz allein über den Bahnsteig. Das war doch nicht normal. Und nun traf er auf die junge Frau. Er hob ihr die Hand entgegen, wie um ihr ein Zeichen zu geben.

Sie beeilte sich, um den Mann zu treffen, der auf sie wartete. Sie war ungeduldig, nervös, fühlte sich beklommen wie noch nie. Ihre Kehle war zugeschnürt. Ihr Herz raste. Dennoch bemerkte sie das Kind, das allein auf dem Bahnsteig stand, mitten auf ihrem Weg. Die Tränen liefen dem Jungen über die Wangen, ohne dass er schluchzte, ganz ruhig, schicksalsergeben.

Sie blieb stehen. Sie beugte sich zu ihm hinunter, und er betrachtete sie mit sehr ernster Miene. Wie am Ende der Nacht, wenn der Schlaf schwindet, beobachteten seine Augen, seine feuchten, ernsten Augen sie. Es gab nichts Wichtigeres als den Blick dieses Kindes, das ihr in seiner Verzweiflung sein Vertrauen schenkte und sich ihr vollkommen überließ, während es seine Tränen trocknete.

Sie hatte also angehalten. Fragte sich, was sie tun sollte. Sie konnte ihn nicht allein zurücklassen, dort auf dem Bahnsteig. Wollte ihn auch nicht irgendwem anvertrauen. Sie durfte ihn nicht mitnehmen, ansonsten hätten seine Eltern ihn vergeblich an dem Ort gesucht, wo sie ihn verloren hatten. Aber sie konnte ihn auch nicht warten lassen, dort am Ende des Bahnsteigs. Er würde ungeduldig werden und sich aufregen. Warum nur musste sie sich heute um lauter Menschen kümmern? Sie, die normalerweise nur für sich selbst lebte? Sie wollte am liebsten Reißaus nehmen. Wegrennen, in ihr normales Leben flüchten und wieder in ihren Alltag eintauchen. Pech für das Kind. Es war schließlich nicht ihres. Aber um sie herum gingen die Menschen alle weiter. Der Bahnsteig war leer.

Er kam kurz darauf dazu. Sah sie mit ihm. Sie hatte also ein Kind. Wie hatte er nicht schon früher daran denken können? Warum sollte sie auch keinen Sohn haben? Er zögerte, bevor er auf sie zutrat. Sah, wie sie sich zu ihm hinunterbeugte, diese Frau, die noch immer auf dem Bahnsteig war. Wahrscheinlich war der Vater in der Nähe, und er hatte sich völlig getäuscht in ihr. Ihr Kind …

Starr und reglos betrachtete er sie. Der Kleine hing an ihrem Blick, an ihrem Arm … Sie hatte es nicht gesagt, aber letztlich hatte sie auch nicht das Gegenteil gesagt. Sie hatte deutlich zu verstehen gegeben, dass ihr

Leben besetzt war. Er musste die Schuld schon bei sich selbst suchen, er hatte sich geirrt. Jetzt war es offensichtlich: Natürlich, diese Frau war Mutter. Wie konnte man ihr das nicht ansehen? Sie besaß Sicherheit und Stolz, Besonnenheit und Leichtigkeit, Müdigkeit und Wohlwollen, Autorität und Selbstbestimmtheit einer Frau, die Leben geschenkt hatte.

Die Frau, die ihm in einer Anwandlung von Großherzigkeit den Arm gereicht hatte, um ihn zu retten, diese Frau war Mutter und Ehefrau. Sie hatte eine Familie, und er hatte es nicht gewusst. Sie war verheiratet und würde also niemals mit ihm zusammen sein. Sie würden nicht gemeinsam am Fluss entlanglaufen, der dunkel glitzerte wie ihr Blick. Sie war Mutter, sie würde ihm nicht in der Stille zuhören. Würde ihn nicht küssen. Sie würden nicht zusammen durch die Straßen gehen. Sie war verheiratet, und er würde sich an sie erinnern wie an einen Traum, nur so würde er mit ihr zusammen sein.

Wenn sie doch nur die Musik seines Landes kennen würde, dann hätte er ihr all das sagen und sie hätte verstehen können … Wenn sie nur … Wenn sie nur nicht verheiratet und Mutter oder vielleicht beides gewesen wäre, wie sehr würde er sich nach ihr sehnen.

Sie hob den Kopf und sah ihn, ihre Augen lächelten. Das übrige Gesicht war ernst und reglos. Schade. Er wollte mehr über sie erfahren. Vielleicht gab es ja gar keinen Vater? Er sollte es einfach genießen, dass sie da war, auch wenn es nur ein paar Minuten waren, ein paar Sekunden, eine Ewigkeit. Es war dreiundzwanzig

Uhr. Er hatte noch eine Stunde bis zu seiner Verabredung. Aber was, wenn die Polizei zurückkäme?

Egal. In diesem Augenblick schien es ihm alternativlos. Er hätte es nicht erklären können. Es waren ihre zusammengekniffenen Augen, ihr roter Mund, ihr weißes Kleid, das im warmen Sommerwind raschelte, ihr hochgestecktes Haar, das sich löste, es war ihr Gesicht, das nach ihm rief, er konnte unmöglich gehen.

»Schon wieder Sie«, sagte er. »Das hört ja gar nicht auf, dass ich Ihnen begegne … Ich glaube, das ist Schicksal.«

»Das ist kein Schicksal«, sagte sie lächelnd. »Sie hören nicht auf, mir zu folgen.«

»Aber nein, Sie sind es, die nicht aufhören, auf mich zu warten.«

»Ganz und gar nicht«, sagte sie. »Jedes Mal, wenn ich gehe, erfinden Sie was Neues.«

Er trat näher zu ihr und dem kleinen Jungen.

»Ihn hier«, sagte er, »habe ich nicht erfunden. Wie heißt er?«

Sie betrachtete das Kind. Der Junge sah ihr tatsächlich ähnlich. Er hätte ihr Sohn sein können. Sie hatte den Impuls, den Irrtum nicht aufzuklären, ohne zu wissen, warum, dann besann sie sich anders.

»Ich weiß es nicht … Ich glaube, er hat sich verlaufen, und da kaum noch jemand hier ist …«

Er hatte sich verlaufen! Seine fröhlichen, tiefen Augen schauten sie an, als hätte sie ihm gerade das schönste Geschenk gemacht. Darum hatte sie also mit ihm gewartet.

Auf einmal war er glücklich. Er hatte Lust zu tanzen, zu singen, zu lachen und auf das Wohl aller Menschen zu trinken.

»Irgendjemand muss mit ihm warten«, sagte sie.

Ja, warten … Alle warten. Was gibt es Besseres zu tun? Was soll man anderes machen? Man verbringt seine Zeit mit Warten. Man versucht, die Wartezeit zu überlisten, indem man arbeitet, isst, schläft, tanzt, singt … Indem man liebt, auch das, aber man tut nie etwas anderes als warten.

Sie überlegte, dass es das war, was den Menschen in erster Linie ausmachte. Nicht die Angst, sondern das Warten.

Er betrachtete das Kind und dachte an den Tag, an dem er sich in der Stadt verlaufen hatte. Er war mit seiner Mutter und seinem Bruder unterwegs gewesen, als sich plötzlich eine Taube vor ihm niedergelassen hatte. Mit aufgerissenen Augen hatte er ihr zugeschaut, hypnotisiert, vollkommen eingenommen von dem, was ihn gerade interessierte, als wäre er ein Teil davon. Er hatte alles vergessen, sogar sich selbst, alles außer dem Vogel, der vor ihm saß. Er war hochkonzentriert, versuchte, ganz in der Betrachtung aufzugehen, die Distanz zwischen dem Vogel und sich aufzuheben. Er wurde selbst der Vogel, indem er ihn betrachtete. Die Zeit blieb für ihn stehen. Als die Taube wegflog, wollte er ihr folgen. Da begriff er, dass er allein auf der Straße war.

Sie hatten ihn stundenlang gesucht. Er hatte geglaubt, er müsse sein Leben lang dortbleiben, er erinnerte sich noch genau daran, wie groß seine Angst gewesen war, aber er hatte nicht geweint. Das hatte er noch nie gekonnt, selbst als Kind nicht. Seine Mutter hatte immer gesagt, er sei schon lächelnd auf die Welt gekommen, das habe es nie zuvor gegeben im Dorf. Es war dunkel geworden, noch immer war er allein gewesen und, zitternd vor Kälte, auf den Bürgersteigen umhergeirrt. Er war noch nicht einmal sechs Jahre alt.

Sein Bruder hatte ihn überall gesucht. Er war zwei Jahre älter als er. Seine Mutter wartete auf ihn, sie war beinahe verrückt geworden vor Angst. Sein Bruder lief die Straßen und Gassen ab, eine nach der anderen, gewissenhaft. Es war Mitternacht, als er ihn auf dem Bordstein sitzend wiederfand. Er hatte ihn wortlos in die Arme genommen, er wachte über ihn wie ein Schutzengel.

»Und Ihr Freund?«, fragte er. »Wird er warten?«

»Ich weiß es nicht. Ich weiß es nicht mehr … Ich bin bereit, es darauf ankommen zu lassen. Und Sie? Ihre Verabredung um Mitternacht? Die werden Sie doch nicht verpassen?«

»Nein, das geht schon«, sagte er und hob den Blick zur Uhr auf dem Bahnsteig. »Ich habe noch ein bisschen Zeit.«

Er lehnte sich leicht gegen das Geländer. Sie setzte sich auf ihren Koffer. Sie saß da im warmen Sommerwind, der das Kleid um ihre Beine wirbelte. Das Kind war zwischen ihnen.

Ihr gemeinsamer Weg über den Bahnsteig und das

Kleid, das herumwirbelte wie ein auflebendes Meer, ein weißer Ozean, und ihre nächtliche Wache im Dunst der Gleise waren erst der Beginn. Draußen, hinter den Drehkreuzen, würden sie auf dem Asphalt laufen, kein Abendessen, aber die Ruhe teilen, und in der Ferne Musik wie ein sehnsüchtiger Traum. Auf geheimnisvolle Weise verflog die Schminke auf ihrem Gesicht und enthüllte ihre Züge, und ihre Augen, dunkel wie der Nachthimmel, waren wach, und ihre zarten Hände strichen die Haare aus dem Gesicht. Ihr Knoten löste sich immer mehr, Stück für Stück, stillschweigend, die Strähnen zerfaserten, befreiten sich aus dem Griff der Klammern, als bereiteten sie sich schon auf die Nacht vor, und hüllten ihre Züge in einen Kranz aus Licht.

Sie schaute ihn an, die braunen, etwas zu langen Haare, die sein Gesicht verbargen, die tiefen Augen, die in der Dunkelheit noch tiefer wurden, das weiße Hemd, in das der Wind blies, sie fand das schön, es war ein Stil, der ihr gefiel, der ihm gut stand, die Hände, auf die sie gerade aufmerksam geworden war, die spröden, kräftigen, zerschlissenen, aber würdevollen Hände, sie wollte sie berühren, sie anfassen, sie spürte seltsamerweise den Drang, passiv zu sein, den Wunsch, auf ihn zu warten, ihn bei sich aufzunehmen, sie schaute ihm in die Augen und ertrug es kaum, sie hatte Angst, er könnte in ihr lesen, was sie in ihm las. Verwirrt senkte sie den Blick.

Und er, er erinnerte sich bereits. An das, was kurz zuvor geschehen war, an sie auf dem Bahnsteig, an den Bahnhof, den Abschied für immer, die Fahrt, den Zug,

er ans Fenster gelehnt, das verschwiegene Glück des
Wartens, den Anfangsmoment, dessentwegen er sich
ans Fenster lehnte, sie, missmutig, blass, streng, unerreichbar, und er, der zufällig ihren Weg gekreuzt hatte.

Mit der Selbstverständlichkeit von zwei Freunden, die
sich schon lange kennen, zwei Liebenden, die sich nach
einer langen Trennung wiedersehen, begannen sie zu
reden, über das Leben, über alles und nichts, über das
Wetter, das gerade herrschte oder nicht herrschte, über
den Sommer und den Herbst, über ihre Hoffnungen
und Ängste, ihre Vergangenheit und Zukunft und über
lauter andere Dinge.

Der Hauch eines Duftes blieb in der Luft hängen, das
schwindende Licht harrte auf dem Bahnsteig aus wie
ein letzter Glanz, in dem die Staubkörner tanzten.

Beiläufig beugte er sich zu ihr, um ihr ein weiteres
Geheimnis anzuvertrauen. Dabei berührte er sie ganz
leicht.

Die Erinnerung kam zurück, plötzlich und klar wie ein Fallbeil, ganz deutlich, sein surrealer Duft, der Geruch seiner Haut und seiner Kleider.

Dieser spezielle Seifengeruch, der die Fremden umgab, die sich in der Kirche wuschen, mit viel Seife und wenig Wasser. Sie erinnerte sich an den Ort, an dem sie sich zum ersten Mal begegnet waren.

Die Kirche ... Sie waren dorthin geflüchtet, einige in den Innenraum, andere, die nicht mehr hineingelangten, blieben draußen, auf der nackten Erde.

Alle erwarteten die Räumung, aber vor laufenden Kameras würden sie es nicht wagen. Es würde nachts passieren, das wusste sie, auch sie wartete.

Sie lauschte den Gesprächen: Manche waren für die »Besetzung«, manche dagegen, einige wollten nach drüben, andere fanden sich damit ab, vor Ort zu bleiben, manche wollten lieber sterben, als zurückgebracht zu werden, und manche bereuten es, weggegangen zu sein.

Zwei Alte beobachteten das Geschehen von den blumenlosen Fenstern ihres ebenso farb- wie sorglosen Hauses an der Straßenecke aus.

Einer von ihnen kam heraus und rief: »Bringt sie doch bei euch in den Hilfsorganisationen unter, wir wollen sie hier nicht, man müsste einfach nur Grenzen hochziehen.«

Sie hatte die Geflüchteten mit den Vertretern der Organisationen sprechen gehört, es waren Gespräche, bei denen die Worte nur geraten wurden, bei denen es an Dolmetschern fehlte, Worte, die mit Gesten und Blicken gesagt wurden, missglückte Beziehungsversuche.

»Ich habe keinen Schleuser gefunden«, sagte der eine. »Wie viel kostet das? Wie stellen sie es an?«, fragte ein anderer. »Ach so, hinten im Lastwagen? Muss man bis nach drüben schwimmen?«

Tagsüber unterhielten sie sich, machten sauber, warteten. Manchmal versuchten die, die es nicht ins Innere geschafft hatten, durch ein kleines Loch im Kirchenfenster mit ihnen zu sprechen. Sie baten um Tee, etwas zum Anziehen, eine Decke. Untereinander tauschten sie Listen mit Wörtern aus, um sich zu verständigen, gute Nacht, danke, ich liebe dich. Gegen fünf Uhr morgens hörten sie Geräusche. Die mobilen Einsatzkräfte der Gendarmerie waren angekommen. Die Geflüchteten standen auf, noch im Schlaf, und zogen sich an.

Als die Wand aus Polizisten näher kam, zogen die Journalisten sich zurück. Die Räumung der Kirche begann, mitten in der Nacht im eisigen Winterregen. Auf den Fensterbrüstungen, den Vortreppen der Häuser und den Gehwegen dösten die Menschen, die nicht in die Kirche hineingelangt waren, eingemummt in durchnässte Decken, und verfolgten, wie die Polizei gegen die Geflüchteten vorrückte.

Sie wurde zusammen mit den Journalisten vom Kirchenvorplatz gedrängt. Wer noch geschlafen hatte, wachte jetzt auf. Sie versammelten sich. Sie drängten sich aneinander.

Und er ... Das war er, auf der Außentreppe der Kirche, hinter der Reihe aus Polizisten. Ein ganzer Schwarm von Mikrofonen und Kameras stürzte herbei, um ihn zu hören, ihn, den die Geflüchteten zu ihrem Sprecher gewählt hatten, denn er war der Einzige, der die Sprache beherrschte.

»Wir verlassen diesen Ort nur, um ins Lager zu gehen. Wir sind bereit, der Polizei entgegenzutreten, wenn sie uns aus der Kirche vertreiben will. Wir wollen nach drüben, denn wir schätzen unsere Chancen auf Asyl dort besser ein als hier.«

Auf dem Fußweg rund um die Kirche kauerten die anderen im Nordwind unter ihren Decken. Einige waren herausgekommen, um sich zu waschen, aber sie konnten den Polizeikordon nicht überwinden, um wieder hineinzugehen. Ein Mann fiel ohnmächtig zu Boden.

Und er, er stand da, windzerzaust und mit ernstem Blick. Er erzählte einem Journalisten, dass sein Bruder bei ihm sei, dass er ihn gesucht und wiedergefunden habe und dass sie zusammen nach drüben gehen würden. Er habe vieles vergessen während der Reise. Siebzehn Monate seien eine lange Zeit. Manchmal sei er in den Ländern der Staatengemeinschaft von der Polizei aufgegriffen worden, man habe ihn mehrmals ins Gefängnis gesteckt. Und hier lebe man ohne irgendetwas, wie ein Landstreicher oder ein gejagtes Tier.

Aus dem Innern der Kirche kamen Schreie. »Es ist noch nicht sechs Uhr, das dürfen die nicht«, protestierten die Vertreter der Organisationen.

Dann kamen die Geflüchteten in einer langen Reihe heraus, sie gingen zu den Bussen. Sein Bruder und er waren auf dem Kirchenvorplatz stehen geblieben, bewacht von zwei Polizisten. Sein Bruder sah ihm ähnlich, helle, lange Haare, breite Schultern, Gesicht und Hände rot von der Kälte, derselbe Blick.

»Haltet sie auf«, rief er den anderen und den Leuten von den Organisationen zu. »Na los, wir dürfen nicht zulassen, dass sie sie wegbringen!«

Die Geflüchteten schauten sie einen Moment lang an, dann stiegen sie in die Busse ein. Männer und Frauen, die niedergeschlagen wirkten, erschöpft vom Warten, vom Hunger und von der Nacht.

Die Menschen, die zwei Tage lang durch die Stadt gejagt worden waren und nun von der Polizei weggeschafft wurden, waren verloren, bald würden sie den Abschiebungsbescheid erhalten.

Ein paar waren noch auf dem Kirchenvorplatz. Sie zögerten. Die Polizisten eskortierten sie zu den Bussen. Aber er und sein Bruder blieben stehen. Sie wurden gepackt. Alles ging sehr schnell. Sein Bruder machte eine unerwartete Bewegung. Es kam zu einer Rangelei. Ein Schlag mit dem Gummiknüppel. Er sah, wie er sich auf dem Boden zusammenkrümmte.

Er rief seinen Namen.

Seine Augen waren trocken. Er schaute zum Horizont, zur weißen Linie über dem Meer.

Es wurde ganz plötzlich dunkel in dieser Sommernacht in der Stadt. Finstere, geheimnisvolle Nacht, alle Ausgänge verborgen. So leicht entwischt man nicht aus seinem Leben. Der Bahnsteig war gerade, es gab nur einen Weg, der bis ans Ende führte. Keinen Ausweg ins Freie.

Alles war mit Gittern abgesperrt. Zu ihren Füßen die Gleise. Darüber der nächtliche Himmel, eine in sich ruhende, stille und gelassene Unendlichkeit, die keinerlei Interesse hegt für die Geschichten der Menschen, die sich hier unten abspielen.

Die Wendeltreppe, die sich unter einem Gebäude auftat, bohrte sich in die Erde, eine Absperrung aus Eisen.

Vor ihnen die Stadt auf festem Fundament, eine ganz eigene Welt.

Da standen sie mit dem Kind, mussten auf den Jungen aufpassen, ihn trösten. Er wusste noch nichts, nichts vom Bahnsteig, von der Welt, vom Himmel über dem Bahnsteig, von den Sternen, von Regierungen und von der Liebe. Er wusste nichts von alledem, doch schon jetzt hatte er Angst.

Um sie herum war der Strom aus Passanten, aus Männern, Frauen mit Kindern, Jugendlichen, Studenten und alten Menschen versiegt. Alle waren so schnell wie möglich nach Hause gegangen, um sich in ihre Häuser und ihre Wohnungen zu flüchten, hinter die Fenster, schnell, schnell, nur nicht anhalten, nicht zurückschauen, weder nach rechts noch nach links, sondern geradeaus direkt ins eigene Zimmer, ins Bett, um sich auszustrecken, um zu schlafen, die Angst zu vergessen, die alle antreibt und dazu veranlasst, zu arbeiten, zu laufen, Kinder zu kriegen und sich zu beschäftigen, um sich nicht dem Warten stellen zu müssen.

Das Kind berührte ihre Hand. Sie beugte sich zu ihm hinunter. Der Junge sah sie an, spielte mit ihren Haaren, strich sanft darüber, fuhr mit einem Finger durch ihre Strähnen. Er legte eine Hand auf ihr Gesicht, auf ihren Mund und ihre Augen, wanderte darüber, eine kleine, pummelige Kinderhand, die sie schließlich in ihre nahm und küsste.

Sie sah auf die Uhr, es wurde immer später, die Zeit lief weiter, die Zeit, die vollkommen gleichgültig über ihre Zukunft und ihr Leben entschied. Was machte er? Wartete er auf sie? Was machte sie? War noch genügend Zeit für sie beide? Sie dachte an den Mann, der ungeduldig auf sie wartete. Sie hätte ihm gern manches über ihre Beziehung gesagt, etwas Klares. Sie hätte sich Zeit nehmen sollen, darüber nachzudenken, als sie im Süden war.

Sie wünschte sich, dass die Dinge anders gewesen

wären. Sie hatte Angst, dass sie sich, wenn sie nichts unternahm, in einem Alltag einrichtete, den sie sich eigentlich nicht gewünscht hatte. Seit mehreren Monaten hatte sie das seltsame Gefühl, nichts mehr zu empfinden. Sie ging über die Dinge hinweg, ob positiv oder negativ, ohne dass sie sie wirklich berührten.

Aber das Kind griff fest nach ihrer Hand, wie um sie zurückzuhalten. Es sah sie an mit flehendem Blick, und seine Augen sagten: »Verlass mich nicht.« Sie sah in die Ferne. Sie hätte gern verstanden, wie es um sie stand. Worin bestand der Sinn ihrer Geschichte? Aber vielleicht gab es auch gar keinen Sinn. Warum brauchte alles immer einen Sinn? Luxus, Spiele, Religionen oder Trauer, all das gab es einfach so, nur für sich genommen. Manchmal führte der größte Verlust dazu, dass das Leben seinen ganzen Sinn entfaltete.

Einen Augenblick lang hatte sie gedacht, ihre Zeit mit diesem Unbekannten zu verschwenden. Und hatte nicht gewusst, dass sie sich täuschte. Manchmal denkt man, man verliert Zeit, und gewinnt dabei sein Leben zurück. Man läuft die ganze Zeit vor dem eigenen Leben davon, vor den Lebensfragen und Problemen, und vor allem läuft man ständig vor dem Glück, am Leben zu sein, davon. Was auch immer es für einen bereithält, man darf das Glück nicht verpassen, wenn man spürt, dass es auf einmal da ist, und das spürt man schon beim ersten Blick.

Aber wenn sie ihren Freund verließ, was blieb ihr dann vom Leben? Glücklicherweise hatte sie ihren Beruf …

Ja, zumindest der bliebe ihr. Niemand konnte ihn ihr wegnehmen … Die Karriere, die sie mit aller Kraft vorantrieb, für die sie weder Stress noch Quälerei noch Arbeit scheute … Seit sie sich für das Politikstudium entschieden hatte, wusste sie, dass sie ihr Leben lang versuchen würde, ganz nach oben zu kommen, dass sie dafür alles täte, und sie hatte Diplome angehäuft, Auswahlverfahren durchlaufen, auf Ranglisten gestanden, um die Provinz für immer hinter sich zu lassen. Ja, sie hatte ihren Beruf, aber zu welchem Preis?

Da stand sie auf dem Bahnsteig, das Kind ganz nah bei sich, das sie nicht aus den Augen ließ, den Kopf nach vorne geneigt mit zusammengekniffenem Gesicht und gerunzelter Stirn, die Fäuste in die Seiten gestützt. Es fing an, unzufriedene Laute von sich zu geben.

»Was fehlt dir denn?«, fragte sie. »Hast du Hunger? Hast du Durst? Was ist los? Was kann ich tun …«

Dem Jungen liefen Tränen über die Wangen, größtes Leid, Enttäuschung, völlige Leere. Er weinte nicht, weil er Hunger hatte, sondern weil er sich langweilte. Er zeigte auf seinen Bogen und die Pfeile und seine ganze Ausrüstung. Das Kind wollte beschäftigt werden. Es war noch gar nicht lange allein, und schon fing es an, schwindelerregende Langeweile zu verspüren. Angst vor der Leere. Angst vor der Zeit, die vergeht. Angst, mit sich selbst konfrontiert zu sein in ewiger Stille. Angst vor dem Tod. Ein kleiner Mensch auf dem Bahnsteig. Was wollte er? Liebe? Gesellschaft? Hilfe? Nein, nichts davon. Er wollte sich vergnügen. Mit etwas zum

Spielen würde er alles vergessen, Vater, Mutter, Bruder und Schwester, Freunde, Feinde ... das Warten und die Angst. Ihr kam der Gedanke, dass Männer Kindern näher sind als Frauen. Denn sie lieben es zu spielen.

In einem Anflug von Großzügigkeit oder einfach überwältigt von dem Zweifel und der Unendlichkeit, die die Augen des Kleinen erfüllten, nahm sie ihn in den Arm.

Sie wünschte sich kein Kind. Sie wollte ihre eigenen Erfahrungen in dieser seltsamen und unpersönlichen Welt nicht wiederholen. Wollte ihr unabhängiges, aktives Leben leben, immer jung, ohne ein Kind, das einen altern und leiden ließ, ohne die zermürbende Verantwortung für jemand anderen. Wollte das Leben nicht reproduzieren, wozu auch. Wollte nicht Mutter sein. Sie zog es vor, Frau zu bleiben. Sie wollte frei sein. Nein, das stimmte nicht ... Sie wollte nicht wie ihre Mutter sein. Sie wollte kein Kind, denn sie war selbst deren Kind ... Nein ... Sie wollte kein Kind, denn sie wollte keinen Vater für ihr Kind. Nein ... Sie wollte ein Kind. Aber nicht mit dem Mann, der auf sie wartete.

Ein junger Mann, der seinen Stock über den Bahnsteig hin- und herbewegte und von seinem Hund geführt wurde, kam auf sie zu.

War er aus dem Zug gestiegen? Wartete er auf einen Reisenden, den er nicht sehen konnte? Jedenfalls lief er den Bahnsteig entlang, stocksteif und kerzengerade, neben seinem Hund, der an der Leine zog. Zwischen Herrchen und Hund vollzog sich ein gewaltiges Machtspiel, wobei der Herr den Hund unter Einsatz seines ganzen Körpers mit eiserner Hand zurückhielt, damit er nicht ausriss.

In seiner Sonnenbrille glänzte ein klares, düsteres Licht. Er war auf der Suche nach einem unsichtbaren Reisenden, vielleicht wartete er umsonst, vielleicht hatte er ihn verpasst und wusste es nicht. Wie lange würde er wohl auf dem Bahnsteig bleiben? Der Hund wollte aufbrechen, sich davonmachen, und er konnte ihn nur mit großer Mühe davon abhalten. Ein seltsamer Anblick, dieser Mann mit geschlossenen Augen auf dem Bahnsteig, ein wacher Schlafender, der allein durch die Nacht wandelte.

Während ihres Urlaubs im Süden war ihr das Einschlafen schwergefallen. Sie war unruhig gewesen, hatte keinen Schlaf gefunden. Wartete, bis der Tag anbrach, um einzudämmern, bevor sie ein, zwei Stunden später erneut aufwachte, müde. Während dieser Schlaflosigkeit tobten die Gedanken in ihrem Kopf, ohne dass sie sie zurückdrängen konnte. Sie kreisten, wühlten sie auf. Sie wollte keine Medikamente nehmen. Lieber wollte sie sich der Schlaflosigkeit stellen. Kämpfte gegen die Angst. Hasste die Nacht, die sie beunruhigte. Sie wartete darauf, dass der Tag anbrach.

In solchen Momenten hatte sie an Männer gedacht, die sich nehmen, was sie wollen, und wieder gehen. Sie stellte fest, dass sie dabei war, sich zu binden. Sie fühlte sich wohl damit. Er hatte etwas anderes im Blick. Männer sind so schwach und feige, wenn es ums Begehren geht, um Hingabe oder gar um Liebe.

Aber wenn er tatsächlich bei ihr bliebe, bis wann wäre das? Bis zum nächsten Traum, der nächsten Begegnung? Bliebe er aus Angst vor dem Alleinsein, aus Angst, sich die Nichtigkeit eines Versprechens, einer Zusage, eines gemeinsamen Lebens einzugestehen?

Er war wie ein König. Er hatte Angst, seine Macht zu verlieren. Darum war er manchmal grausam. Darum war er herrisch und drohte ihr. Er würde seinen gesamten Hofstaat austauschen, wenn er könnte, er würde sie nur achten, wenn sie stärker wäre als er.

Eine sitzen gelassene Frau, genau das wurde gerade aus ihr. Sie erinnerte sich daran, wie glücklich sie am Anfang gewesen war. Dann, in den letzten Monaten, war alles anders geworden. Er machte sich rar. Hielt es für selbstverständlich, dass sie da war. Manchmal sagte er sogar, sie solle bleiben, obwohl er eigentlich das Gegenteil wollte. Und sie blieb, eine Gefangene ihrer eigenen Ideale.

Er war es gewesen, der sie sofort gesehen hatte. Er hatte sich Zeit genommen, ihr Begehren zu wecken, und dann, als sie sich darauf eingelassen hatte, ihr Leben mit ihm zu teilen, hatte er sich immer weniger für sie interessiert.

Und sie blieb, dazu war sie verflucht. Frustration erzeugt Begehren, ohne dass man sich davon freimachen kann. Er hatte sie verführt und war gleich darauf schon wieder woanders gewesen, weit weg, ohne dass man es ihm anmerkte.

Warum blieb sie bei ihm? Was genau suchte sie? Warum war sie so ungehalten, wenn sie an ihn dachte? Warum stieg ihr das Blut zu Kopf? Warum schnürte sich ihr die Kehle jetzt derart zu, dass es wehtat? Und woher rührte das Klopfen ihres schlummernden Herzens?

Der Wind war stärker geworden. Er wirbelte Papier und Staub über den Bahnsteig. Es war warm, zunehmend schwül. Als kündigte sich das Ende an, das Fallen des Vorhangs. Man wartete auf die Erlösung.

Ein paar Blitze rissen den Himmel auf. Bald würde es regnen, ein großes Sommergewitter kündigte sich an. Der Wind nahm alles mit sich fort, das Kleid tanzte, tanzte um sie herum wie eine Blumenkrone, sich entfaltende Blütenblätter, die Haarsträhnen lösten sich und verbargen ihr Gesicht. Eine gewaltige Brise von wer weiß woher hüllte ihre Gestalt in einen durchsichtigen Schleier.

Der Wind ließ ihre Haare fliegen, sie musste die Augen zusammenkneifen. Er war noch immer da. Sie wusste nicht, warum, ob aus Verrücktheit oder Leichtigkeit, Entschlossenheit oder Liebe. Er hatte etwas Starkes an sich, etwas Gewaltiges, weder die Stadt noch das Leben noch die Frauen hatten ihn zivilisiert. Seine Freiheit, seine Unbesonnenheit, seine Art, alles aufs Spiel zu setzen, sein ganzes Wesen, seine Hoffnung, seine Verzweiflung, seine Art, »drüben« zu sagen. Man kann jemanden für ein Wort oder eine Geste lieben.

Dafür, wie er ist. Seine Kleidung, seine wirren Haare, seinen Körper, seine Hände. Sie hatte keine Angst mehr. Nein, sie hatte immer nur Angst vor sich selbst gehabt. Es gelang ihr nicht, seinem Blick standzuhalten. Zu intensiv? Zu tief?

These: Er war tatsächlich sehr schön. Er gefiel ihr ganz offensichtlich. Schon jetzt gewöhnte sie sich an ihn, wollte gar nicht weggehen. Sie wusste nicht, warum. Antithese: Er war tatsächlich sehr schön. Nein, das war ja die These. Antithese: Zum Teufel mit der Antithese. Synthese? Sie musste es schaffen. Durfte nicht versagen. Sah sie gut aus? Hatte ihre Schminke gehalten? Sie konnte ihm sagen, sie müsse nur mal schnell verschwinden, um sich frisch zu machen. Aber wohin so schnell? Es gab nichts zum Verschwinden auf dem Bahnsteig. Lediglich eine gerade Linie.

»Entschuldigung, haben Sie zufällig ein Kind gesehen? Einen kleinen Jungen, der sich auf dem Bahnsteig verlaufen hat?«

Der junge Mann kam auf sie zu.

Er schien in Eile, in Panik. Plötzlich, als hätte er seine Gegenwart gespürt, stürzte er sich auf das Kind. Schlang die Arme um den Jungen, hob ihn voller Freude hoch.

»Aber wo warst du denn nur? Ich hab dich überall gesucht! Ich hatte Angst … Solche Angst …«

Dann wandte er sich an die junge Frau: »Haben Sie ihn gefunden?«

»Ja …«

»Sagen Sie …« Der Mann kam näher. »Kann ich Sie noch um etwas bitten? Um einen kleinen Gefallen?«

»Was denn?«

»Ich habe mich verspätet und muss unbedingt meine Frau finden … Könnten Sie bitte noch ein paar Minuten auf meinen Sohn aufpassen?«

Sie zögerte, schaute auf die Uhr.

»Soll ich Sie zur Information begleiten? Dort wird man Ihnen helfen können.«

»Nein, das ist nicht nötig.«

»Es ist beinahe niemand mehr auf dem Bahnsteig, wissen Sie«, sagte sie. »Niemand mehr.«

»Ja«, sagte er, »ich weiß. Schauen Sie, ich warte auf meine Frau. Sie ist blind, genau wie ich. Wir warten, bis die Leute weg sind, dann können wir uns gegenseitig finden, indem wir mit dem Stock auf den Boden klopfen.«

Plötzlich zuckte er zusammen, dann drehte er den Kopf. Ein Stückchen weiter stand eine junge Frau mit einem Stock vor dem Zug, die jetzt lächelnd auf ihn zukam. Er ging zu ihr, geführt von seinem Hund.

Ein paar Sekunden später kehrten sie zusammen zurück und hielten sich dabei am Arm.

»Danke, dass Sie auf ihn aufgepasst haben …«, murmelte die Mutter. »Na los, komm jetzt«, sagte sie zu dem Kind, »und lauf nicht wieder weg. Sag Auf Wiedersehen zu dem Herrn und der Dame, die dir geholfen haben.«

Das Kind war erst vier Jahre alt. Es kam noch nicht allein zurecht. Es sah ernst aus und hatte einen eindringlichen Blick. Es sprach kaum, nur ein paar Worte … Das Kind gefiel ihr. Sie mochte es. Sie hatte sich schon ein bisschen an das Kind gewöhnt.

Der Kleine schaute sie an. Er betrachtete sie. Er löste den Blick nicht von der Frau, die ihn beschützt hatte, fernab der vielen Menschen.

Da stand es, das Kind, vor der, die es gerettet hatte und die ihm noch immer zulächelte, und war ganz schüchtern. Sie umarmte es, ein letztes Mal.

Am Ende des Bahnsteigs war niemand. Er war nicht mehr da. War gegangen. Sie war allein, allein mit dem Unbekannten, vollkommen allein stand sie ihrem Leben gegenüber und sich selbst.

Sie war so ergriffen, dass es ihr die Kehle zuschnürte. Schon trauerte sie. Worüber? Sie trauerte dem Anfang nach. Als er sie nach ihrer Begegnung angerufen hatte. Er dachte an sie, und sie dachte an ihn. Aber ganz am Anfang, hatte sie ihn da geliebt? … Was, wenn sich tatsächlich alles in den ersten Augenblicken entschied? Auch wenn man Jahre damit zubringen kann, sich darüber klar zu werden, so weiß man doch vom Anbeginn einer Begegnung an, dass die Zukunft in den ersten Wort- und Blickwechseln und den ungesagten Worten dieses Auftakts liegt.

Sie rief sich ihr erstes Aufeinandertreffen in den Sinn, den Abend im Ministerium, an dem sie einander zwei Mal vorgestellt wurden, von zwei verschiedenen Personen, was sie beide hatte schmunzeln lassen. Er hatte gemeint, dass eine unbewusste Macht versuche, sie zusammenzubringen, dass das ein Zeichen sei. Sie mussten sich treffen, hatte er scherzhaft verkündet.

Was war ihr erster Eindruck gewesen? Seine Aggressivität. Sie hatte gedacht: Das ist jemand, der brutal ist, aber das macht mir keine Angst. Sie hatte ihn von Anfang an als Gegner gesehen. Danach war alles verblasst, kaschiert, geläutert worden. Später hatten sie sich eingeredet, sich zu lieben, und sie hatten eine lange und gute Zeit miteinander verbracht, bevor der erste, entscheidende Eindruck zurückkehrte: Er war wieder der Widersacher geworden, den sie bei ihrem ersten Treffen erkannt hatte. Ja, sagte sie sich, im Leben ist es genauso wie im Kino, man weiß schon bei den ersten Worten, ob es gut wird, ob es passt und das Richtige ist, selbst wenn man manchmal bis zum Ende braucht, um zum ersten Eindruck zurückzukommen.

Sie hatte schon beim ersten Blick gewusst, dass sie ihn nicht liebte und dass sie ihn nie lieben würde. Er hatte nichts in ihr berührt, ganz einfach. Sie hatte nichts für ihn empfunden. Als sie ihn an jenem Abend sah, hatte sie bemerkt, dass er ihr nicht so recht gefiel, oder eher, dass etwas an ihm war, das sie nicht mochte, und das hatte nichts damit zu tun, dass es nicht der richtige Augenblick oder nicht die richtige Person war, es ließ sich einfach nicht erklären. Anschließend hatte sie gelernt, alles zu verschweigen, eins nach dem anderen für sich zu behalten und jedes Wort, jede Geste abzuwägen und gar nichts mehr zu sagen, weil sie die Wahrheit in ihrem Herzen erstickt hatte, aus Angst, allein zu sein.

Als er zu ihr gekommen war, war er bereit zu lieben, er hatte sich tatsächlich in sie verliebt an jenem Abend, und sie hatte ihn warten lassen, ihn auf Distanz gehalten mit ihrer Unabhängigkeit und ihrem Willen, denn sie wollte keine Beziehung mit einem verheirateten Mann eingehen, und er hatte darunter gelitten, denn er hing wirklich an ihr.

Monate später, als er zu ihr zurückkehrte, war er anders, er nahm es ihr übel, dass sie ihm widerstanden, ihn hatte warten lassen, man hätte manchmal meinen können, er wolle sich an ihr rächen. Auch sie war nicht mehr dieselbe. Alle sagten, sie habe sich verändert. Es stimmte, sie hatte sich entwickelt, und zwar nicht zum Besseren. Sie war kompromissloser geworden.

Manchmal fragte er sie: »Was hast du denn schon wieder?« In diesem »schon wieder« lag all seine Geringschätzung für sie und all ihr Verdruss ihm gegenüber. Was sie schon wieder hatte, war, dass sie unglücklich war mit ihm.

Ihre Geschichte war zu Ende. Ihre Geschichte hatte nie begonnen. Alle Fragen waren offen: Wer bist du? Was sagst du? Wohin gehst du mit mir?

Ihre Geschichte war vorbei.

Sie war auf dem Bahnsteig, folgte dem Weg, ohne zu wissen, wohin er führte, ließ sich treiben wie ein orientierungsloses Schiff auf dem Meer.

Aber er war derjenige, der wegging, der sie gern verlassen hätte, ohne es kompliziert zu machen, ohne den Traum aufzugeben. Er wollte fliehen, ohne zu leiden, er würde vergessen, lief weg, mit großen, eiligen Schritten, weit weg von ihr. Das war letztlich sogar einfacher, er würde sie nicht fragen, ob sie wusste, was in der Kirche passiert war, er würde nichts darüber erfahren. Vergessen, das war besser. Er würde sich in die Anonymität der Straße flüchten, zurück unter eine Brücke, irgendwohin, wo er ihrem Blick entkam. Jetzt, da alles möglich war, ging er fort. Er lief weg, so angsterfüllt wie noch nie. Hatte Angst vor einer Frau, vor dieser Frau … Was wollte sie von ihm … Verunsicherung, Zweifel und Ausweg … Weggehen, ja, erneut fliehen. Gehen, ohne den Sieg auszukosten.

Er lief weiter den Bahnsteig entlang, entfernte sich entschiedenen Schritts für immer. Um ihn herum war alles verschwommen. Er hätte gern gewusst, ob diese Begegnung real gewesen war, ob er sie eines Tages wiedersehen würde oder nie, ob er sich sein ganzes Leben lang fragen würde, was wohl unter anderen, günstigeren Umständen passiert wäre, wenn jemand sie einander vorgestellt hätte, und er fragte sich, ob sie sich wohl an ihn erinnern oder ihn ganz schnell vergessen würde, ob sie sich später an den Bahnsteig erinnern oder ob sie sein Gesicht vergessen würde, wie einen Unbekannten, einen Fremden, oder ob sie es stattdessen nie aus ihrem Gedächtnis löschen würde, wie etwas, dem sie nachtrauerte, wie einen Traum, und er fragte sich, woher sie kam und wohin sie ging, und er dachte daran, dass sie in der Kirche gewesen war, bei ihnen und gegen ihn, und trotzdem nahm er es ihr nicht übel. Er warf sich lediglich vor, nicht das gesagt oder getan zu haben, was er hätte sagen oder tun sollen, er hatte ihr Angst gemacht, sich nicht von seiner besten Seite gezeigt, er hatte nicht die Zeit dafür gehabt, und er sagte sich auch, dass er es aufgeben sollte, eine Antwort auf all diese Fragen zu finden, ansonsten würde er verrückt werden.

Aufgeben und weggehen. Das war sein Schicksal.

Sie sah, wie er sich stillschweigend entfernte. Sie hörte seine Schritte auf dem Asphalt widerhallen, ohne zu begreifen, ohne zu wissen, was sie tun sollte. Warten, nicht warten? Ihm folgen? Ihn verfolgen?

Zwei Musiker spielten vor einem Kiosk. Der eine hatte ein Tamburin, der andere eine Gitarre. Sie sangen im Duett Melodien ohne Worte, nur rhythmische Töne zum dumpfen Klang des Tamburins. Eine unerklärliche Musik aus der Musik der ganzen Welt, eine betörende, bezaubernde Melodie, die nun über den Bahnsteig schallte. Niemand war mehr da, aber sie spielten weiter. Man hätte meinen können, nur für sie.

Sie schaute nach links und rechts, um ihn irgendwo zu entdecken.

Sie sah niemanden. Keinen Schaffner. Keine Polizei. Er war nicht da, verschwunden, hatte sich in Luft aufgelöst, wie durch Zauberhand. Sie fragte sich für einen Moment, ob sie ihn sich nur vorgestellt, ob sie diese ganze Geschichte nur geträumt hatte, ob sie im Zug eingeschlafen war und gerade aufwachte, aus einem undurchsichtigen Traum, bedeutungsleer wie ein Brief, der seinen Empfänger nicht erreicht.

Sie war wie verwandelt, ihre Augen nahmen nicht mehr auf dieselbe Weise wahr, ihr Blick war verschwommen, ihre Lippen bebten, in ihrem Herzen hatte sich etwas verändert, sie hatte Angst, ihre Züge waren angespannt ebenso wie ihr ganzer Körper, und die Gesichtsmuskeln taten ihr weh.

Sie stand da wie eine Katze, die auf Beute lauert, suchte mit dem Blick das Ende des Bahnsteigs ab, die Gebäude, die Gleise.

Wo war er? War er hier? War er weit weg? War er drüben? War er fortgegangen? Wirklich fort? Fort ohne ein Auf Wiedersehen, geflohen ohne ein Adieu?

Er war hinausgegangen.

Sie wusste nicht, wohin er wohl unterwegs war. Sie kannte noch nicht einmal seinen Namen. Wusste nicht, welchen Weg sie einschlagen musste, um ihn wiederzufinden. Welchen Weg, um ihn zu treffen. Kennenlernen, kämpfen, sich klar werden, sich befreien, sehen lernen, einen Blick suchen, ihn finden …

Da begann sie ganz allein auf dem Bahnsteig zu lachen. Unfreiwillig und unbändig. Sie lachte vor Entsetzen. Sie dachte: Warum lache ich nur so, warum muss ich darüber lachen? Ich vergeude meine Chance … Als sie einen weiteren Schritt tat, dachte sie in ihrer Trübsal plötzlich: Ich will ihn nicht verlieren. Ich muss ihn wiederfinden. Selbst wenn er weit weg ist, werde ich ihn wiedersehen. Selbst wenn er gegangen ist, werde ich ihn suchen. Selbst wenn er mich nicht mehr sehen will, werde ich ihn sehen. Wo auch immer er sich versteckt, ich finde ihn. Ich werde ihn ermutigen, selbst wenn er keine Angst hat. Ich werde ihm sagen, dass er stark ist, wenn er zweifelt. Ich werde nicht zulassen, dass die Freude verblasst. Ich werde nicht zulassen, dass die Stadt ihn mir wegnimmt. Ich werde dafür sorgen, dass ihm ohne mich etwas fehlt. Selbst wenn er vor mir flieht, werde ich ihn aufstöbern. Ich werde ihn in jedem Versteck aufspüren, ihn begrüßen und ihm sagen: Herzlich willkommen, sei willkommen, denn du bist zu Hause, bei mir, bei uns, und es gibt keine Grenzen mehr zwischen uns. Und wir werden zusammen sein, warum nicht. Wir werden zusammen sein.

Sie rannte bis zum Rand des Bahnsteigs. Strauchelte. Schwankte. Beinahe wäre sie in ihrer Aufregung auf die Gleise gefallen. Im letzten Moment fing sie sich wieder. Was tun? Weggehen? Nicht weggehen? Warten? Warten, selbstverständlich, warten. Was kann man auch sonst tun? Wie lange? Bis zum nächsten Zug. Bis ans Ende des Lebens, bis man vergisst, bis zum Tod.

Langsam begann sie, den Bahnsteig noch einmal abzulaufen, ein letztes Mal.

Genau in diesem Augenblick machte er kehrt und kam zurück.

Im Halbdunkel sah sie ihn.

Ziemlich groß, braune Haare, blaue, stechende Augen, hohe Backenknochen, hohle Wangen. Er sah eigenartig aus. Ein weißes Hemd mit Kläppchenkragen und eine schwarze Hose verhüllten seinen muskulösen Körper – elegante Kleidung, aber ungewöhnlich für August.

Sie ging auf ihn zu, langsam, dann schneller, immer schneller, dann bremste sie ihren Schritt wieder, als er näher kam.

Sie blieb stehen, ganz in Ruhe. Stellte ihren Koffer ab. Er beeilte sich. Rannte. Wenige Meter vor ihr hielt er an.

Sie lachten beide, ein einvernehmliches Lachen, das von einer gemeinsamen Erfahrung herrührte, ein erleichtertes Lachen, dann Stille. Sie tauschten Blicke, um zu sehen, wer als Erstes reden würde, die Verständigung funktionierte nur halb, ein Schritt nach vorn, einer zurück, Unterbrechungen. Sie kam näher, er wich aus, sie machte einen Rückzieher, er wagte eine Annäherung, zweisame, nicht einsame Schritte ergaben einen Pas de deux.

Er schaute sie an, als zögerte er noch. Sie betrachtete ihn aus riesigen Augen, verzauberte ihn in diesem Moment, der doch noch Zurückhaltung gebot, war bezaubernd in ihrem ungelenken Wunsch, ihn zu bezirzen.

»Sie sind weggegangen«, sagte sie.

»Ich mag keine Abschiede.«

»Ich auch nicht.«

Plötzlich tat sich ein großer Ozean vor ihm auf, ein Ozean der Freiheit, ein trunkenes Meer. Er fing an zu lachen. Brach in Gelächter aus, das seinen Kopf nach hinten warf, ein Lachen, das von Wiedersehen und Erleichterung kündete, in dem der Eroberer aufblitzte, der seine Herausforderung bestanden hat, der siegreiche Mann auf dem Bahnsteig im Angesicht seiner Beute.

Sie mochte dieses Lachen nicht. Es war ein bitteres Lachen. Sie war noch nie so traurig gewesen wie in diesem Augenblick.

Die Verzweiflung in ihrem Blick ließ ihn tief in sie hineinschauen.

Die Laternen, große, gelbe Kugeln, wiesen ihnen den Weg.

Er war ihr nah, beugte den Kopf ein wenig, und sie spürte seine Lippen an ihrem Ohr, er sprach ganz leise mit ihr, mit dieser Musik in der Stimme, die sie beide in fremde und zugleich bekannte Gefilde entführte, eine Melodie aus unterschiedlichen Rhythmen, eine sehnsüchtige Melodie, lieblich wie ein warmer Wind, ein Atemhauch, ein Murmeln.

In diesem Augenblick war er glücklich wie in seinem Traum.

Von den Worten, die sie einander im Hauch des Windes, im Bahnhofsdunst zumurmelten, von ineinander verwobenen Worten, von Händen, die sich streiften, Stirnen, die sich berührten, von Vergessenem, Gedankenblitzen, stummen, zärtlichen, fröhlichen und traurigen Sätzen ließ sie sich mitreißen in den Reigen, und alles wurde stärker, tiefer, ernster und wahrer durch die kräftigen, bunten Farben der Musik, die sich von der Stille abhob, auf deren Grund die Wahrheit liegt.

In der Stadt war das sanfte Rauschen der Nacht zu vernehmen, bald ginge das Nachtleben los, die pulsierenden Straßen kündeten bereits davon, an den Metro-Ausgängen, auf den Gehwegen stürmten die Passanten durcheinander und auf die großen Gebäude zu, Eltern kehrten nach einem langen, nicht enden wollenden Tag von der Arbeit zurück, und Kinder warteten auf sie, damit sie ihnen eine Geschichte erzählten.

Männer und Frauen trafen sich in den überfüllten Lebensmittelabteilungen der Supermärkte, wo sie sich jeden Abend über den Weg liefen, ohne miteinander zu reden, verschwiegene, eisige Blicke am Kühlregal und vor den Kassen.

Paare machten sich zum Ausgehen fertig, um etwas trinken und essen zu gehen, in Kneipen und Restaurants, nach Eröffnungsfeiern, Premieren und Vorpremieren, und ganz in ihrer Nähe warteten die Obdachlosen mit leeren Augen, trockenem Mund und einem Blick, der selbst Tote schaudern ließ, vor den Geldautomaten, den Brasserien, den Gebäuden, in den langen Schlangen der abendlichen Suppenküchen. An den Ufern fuhren Schiffe mit rotem Kielwasser vorbei, die Familien, die unter freiem Himmel schliefen, unter Brücken, in Parks und Unterführungen, kauerten sich zusammen, die Babys weinten in den Armen der Frauen, die Männer rauchten gemeinsam eine selbst gedrehte Zigarette und erzählten einander von ihren Reisen, und auf den Friedhöfen raschelten die Bäume über reglosen Gräbern, in der Nähe des zuletzt Begrabenen, und auf der Erde schwand die Sonne und machte Platz für den Mond, und der Mond machte sich bereit, an diesem Abend war er König.

Auf dem Bahnsteig wehte ein leichter Wind, ein Lüftchen, das in einen widerspenstigen, starken Sommerwind umschlug, der sich nach und nach erhob, ein einfahrender Zug, eine offene Tür, zwei Reisende unter Tausenden.

Auf dem Bahnsteig ein Mann und eine Frau mit nichts als einem Koffer, ein paar Sachen, einem Buch und etwas zu trinken, abgehackte Stille, zwei Reisende, die zurückkehrten von einer aufreibenden Fahrt, ein Abend und die Nacht.

Allein, sie waren jetzt ganz allein, die beiden auf dem Bahnsteig, die Musiker hatten den Schauplatz verlassen, die vielen Männer und Frauen waren gegangen, alle waren daheim, und niemand war mehr auf dem Bahnsteig, da stand sie vor ihm, der nicht zurückwich, und sie tat keinen Schritt weiter, sie lächelte nicht. Ein Gegenüber, Aug in Aug, ohne sich zu berühren, ohne zu sprechen, Blicke, die sich begegnen, große Pausen, grundloses Lächeln … Deutungsversuche, Erstaunen im Blick über das Hier-Sein und Glück angesichts des Erstaunens.

Mit einem treffsicheren Stoß hatte der Wind ihren Knoten gelöst. Ihre Haare wirbelten in langen fließenden Locken um ihr Gesicht, um ihre Augen, ihren Mund, ihre blassen Wangen. Ein Blitz zerriss die Nacht, ihr Körper zitterte in der feuchten Gewitterluft. Der erste Regentropfen traf sie. Er lief langsam ihre Wange hinab bis zum Mundwinkel, dann am Hals entlang.

Da holte er seinen Hut aus der Hosentasche, faltete ihn auseinander und setzte ihn ihr auf den Kopf, um ihr Haar, ihr Gesicht und ihre Augen zu schützen.

Der zweite Tropfen fiel auf seine Hand, lief über seine Handfläche und schließlich, als er den Arm hob, in den Ärmel seines Hemds.

Der Regen hüllte sie in einen nebligen Schleier, der immer dichter und undurchdringlicher wurde. Es war ein Sommerregen, ein peitschender Gewitterregen, wie ein Sturm auf dem Meer.

Ihr triefendes Kleid schmiegte sich an sie, unzüchtig wie ein durchsichtiger Schleier, an ihren Körper, ihre Unterwäsche, die Wölbung ihrer Schultern, ihre Brüste, ihre Hüften und ihre nackten Beine. Die Schuhe hatte sie ausgezogen, sodass ihre nassen Füße zum Vorschein kamen.

Er war durchnässt, die Haare hingen ihm ins Gesicht, die Regentropfen rannen ihm in die Augen, den Mund, den Hals hinunter in sein Hemd, das am Oberkörper klebte, und flossen durch seine Hose kühl an den Beinen entlang.

Der entfesselte Regen setzte sich in der Erde fest, explodierte in der Nacht, prasselte auf den Bahnsteig nieder, er ergoss sich in einem steten Fluss, ein Wehklagen, endloses Leid, dieser Regen kam von so weit oben und fiel so tief, fiel auf die Menschen, immer weiter, ohne zu versiegen, der Regen, ein armer Verirrter, fiel auf Blicke und Gesten, Gemurmel und Schweigen, teilte allen sein Vielleicht mit und beschrieb trotzdem mit Strichen in der Luft und Tropfen auf dem Bahnsteig etwas, das so vergänglich und unergründlich war wie der Mensch auf Erden.

Verflossener, verschütteter, verströmter, verehrter Regen, tausend Regentropfen wie ein Blumenstrauß, den man verschenkt, Regen wie sanft fallende, seidenweiche, lieblich duftende Blütenblätter, Sommerregen auf die ängstlichen Liebenden, wie eine Dusche, die sie wäscht, abspült, reinigt und vorbereitet.

Der Mann kam auf sie zu. Er ging langsam. Hatte es nicht eilig, schließlich vertrat er das Gesetz. Er hatte sie gesehen. Sie sahen ihn nicht. Genau auf sie steuerte er ganz ruhig zu, unausweichlich.

Er war in Blau, Weiß und Rot gekleidet und trug ein Käppi auf dem Kopf, unter dem sich ein verschlossenes Gesicht mit unsteten Augen zeigte, die über den Bahnsteig huschten wie Lichtstrahlen.

Es regnete Bindfäden. Es regnete auf dem Bahnsteig. Es regnete noch immer.

Sie beugte sich zu ihm, um ihn zu berühren, ihn fest in den Arm zu nehmen, aber genau in diesem Augenblick löste er sich von ihr. Und auch wenn es das letzte Mal war, schaute er in ihre dunklen, schwarzen, bläulich violetten Augen.

»Ihre Papiere«, sagte der Mann.

Er erkannte einen der beiden Polizisten wieder, die mit dem Schaffner am Ende des Bahnsteigs gestanden hatten.

Er schaute nach rechts und links, um zu sehen, ob es

möglich war, noch kehrtzumachen, einen Ausweg zu finden, aber es gab keinen.

Er betrachtete sich so, wie er war: Natürlich wirkte er wie ein Illegaler, seine Haut und sein Haar waren dunkel, er sah abgespannt, schuldig, fremd aus. Ein Staatenloser. Er würde nie wieder in sein Land zurückkehren. Er hatte kein Land. Hier wollte man ihn nicht. Man würde ihn niemals wollen. Man würde immer sagen, er sei fremd, anders.

Er wollte sein Leben lang unterwegs bleiben; niemals nach drüben gehen. Darum hatte er sich im Lastwagen mitnehmen lassen. Er wollte nur noch ziellos umherschweifen, eine Seele auf Wanderschaft werden. Immer fremd, immer anders, auf der Landstraße der Welt. Ein Exilant, weil seine Seele im Exil war.

Der Polizist trat vor, um ihm den Weg zu versperren. Er legte eine Hand auf die Pistole am Gürtel.

Es war zu spät. Er spürte seinen Herzschlag. Er saß in der Falle. Es gab nichts mehr zu tun.

Sie schaute ihn an. Fürchtete, dass er versuchen würde zu fliehen. Die Vorstellung jagte ihr Entsetzen ein, sie zitterte. Sie spürte ihre weichen Knie, spürte, wie ihr Herz zerspringen wollte.

»Ihre Papiere?«, wiederholte der Polizist. Er sprach ausschließlich in Richtung des Mannes.

Der signalisierte, dass er keine habe.

»Sie fahren also nicht nur schwarz, sondern Sie haben noch dazu auch keine Papiere?«

Der Polizist sah ihn verächtlich an. Der Mann hielt seinem Blick stand.

»Ich muss Sie mit aufs Polizeirevier nehmen, um Ihre Identität festzustellen. Der Wagen steht draußen. Kommen Sie mit.«

Als er sie dieses Mal anschaute, wusste sie Bescheid. Sie begriff, dass er fliehen würde, jetzt gleich, aus Angst und aus Panik, aus Mut, aus Tollkühnheit, aus Verrücktheit, fliehen, um zu sterben, hier, auf dem Bahnsteig. Er würde nicht aufs Revier gehen und darauf warten, zurückgeschickt zu werden, nach allem, was er erlebt hatte, denn das war zu schwer, lieber würde er alles verlieren. Sie hatte ihn in der Kirche gesehen. Er war bereit, bis zum Äußersten zu gehen und jedes Risiko in Kauf zu nehmen.

Als er sich weigerte, sah er, wie die Hand die Pistole herauszog. Das Blut stieg ihm zu Kopf. Er spürte die Adern in seinen Schläfen pochen, als platzten sie. Er blickte auf. Er war nicht allein. Er spürte, wie ihre Willenskraft auf ihm lastete, und er verweigerte sich dem Blick dieser Frau, der ihn mehr gefangen hielt als jedes Gefängnis. Flehende Augen trafen sein Herz und stoppten die Hand.

Plötzlich stellte sie sich zwischen ihn und den Polizisten. Ihr Körper eine Schutzwand gegen die Waffe. Mit heiserer Stimme schrie sie ihm zu, er solle weglaufen.

Da standen sie auf dem Bahnsteig, ein Mann und eine Frau, mit nichts als einem Koffer, ein paar Sachen und einem Buch, zwei Reisende, die zurückkehrten von einer so langen und so kurzen Reise.

Es geschah auf einem Bahnsteig im August. Niemand erfuhr, was an jenem Tag passiert war. Niemand konnte erklären, warum sie zusammen waren oder woher sie sich kannten.

Der Bericht war lückenhaft. Genauso wie das Gedächtnis, das versucht, wichtige Ereignisse zu löschen, um sie seiner unbarmherzigen Herrschaft zu unterwerfen.

Niemand erinnerte sich daran, was geschehen war. Es hieß, er habe versucht zu fliehen. Niemand erfuhr, warum die Schüsse fielen, die zuerst sie und anschließend ihn töteten. Die Akte wurde geschlossen. Der nächste Zug fuhr ein.

Der große Bestseller

Éliette Abécassis
Mit uns wäre es anders gewesen
Roman. Aus dem Französischen von Julia Schoch
144 Seiten. Gebunden mit Schutzumschlag
€ 18,- [D] / € 18,50 [A]. ISBN 978-3-7160-2797-4

Die (Un)Möglichkeit der Liebe in heutigen Zeiten

Amélie und Vincent begegnen sich in jungen Jahren und spazieren eine ganze Nacht zusammen an der Seine entlang. Im Morgengrauen verabreden sie sich für den nächsten Tag, verpassen sich aber vor lauter Unsicherheit. Jahre vergehen, Vincent und Amélie gehen Ehen ein, bekommen Kinder und warten auf ein Familienglück, das sich nicht einstellt. Der Zufall führt die Wege der beiden immer wieder zusammen. Doch mittlerweile steht etwas viel Größeres zwischen ihnen als Unsicherheit: das Leben.

»Was für ein feines, kluges Buch.«
Elke Heidenreich

»Gut geschrieben, mit überraschenden Wendungen, bis zur letzten Seite spannend. Ein Roman, den man nicht einfach so beiseite legt.«
Christine Westermann, *WDR*